Gerhard Krieg

Falkan und der Feind

Ein Krimi aus dem Kinzigtal

Ähnlichkeiten mit lebenden oder toten Personen
sind rein zufällig oder gewollt

Preis: € 16,50

1. Auflage 2024

© Copyright: Gerhard Krieg
Verlag:
BoD · Books on Demand GmbH, In de Tarpen 42,
22848 Norderstedt
Druck:
Libri Plureos GmbH, Friedensallee 273,
22763 Hamburg
ISBN: 978-3-7597-5240-6

Kapitel 1

Der Winter näherte sich seinem Ende. Die ersten Kraniche zogen über den Himmel des Kinzigtals in Richtung Wetterau, die Knospen brachen aus den Ästen hervor, und die Vögel riefen in den heller werdenden Morgen. Die wärmer werdende Luft lockte die Leute aus ihren Häusern, in denen sie die verregneten, nasskalten letzten Wochen verbracht hatten, und die Wege in der Gemarkung Linsengericht füllten sich mit Spaziergängern.

Auch Kriminalhauptkommissar im Ruhestand Kurt Falkan und seinen Dackel Fritz trieb es an diesem sonnigen Nachmittag Ende Februar aus dem Haus, nur war es nicht das schöne Wetter, das ihn lockte, sondern die Aussicht auf Beendigung des kriminalistischen Winterschlafs. Der erwachende Frühling hielt zum ersten Mal seit Monaten einen Klienten für ihn bereit. Die genaue Art des Auftrags war aus dem gestrigen Telefongespräch nicht hervorgegangen, aber es schien sich um Recherche zu handeln, und Recherche war das, was Falkan gelernt hatte.

Er war mit dem Mann, einem gewissen Jens Falkenberg, für zwei Uhr verabredet. Der Name sagte ihm nichts, die Adresse musste irgendwo in der Nähe der Reinhardtsschänke sein. Ein altes Haus mit Scheune, hatte Falkenberg gesagt. Falkan hatte eine ungefähre Vorstellung. Seine Wege hatten ihn die letzten Jahre über viele Straßen des Ortes und an vielen Häusern vorbei geführt.

Pünktlich zum Zwei-Uhr-Läuten der Kirchenglocken stand er vor dem alten Hoftor, dessen blass-blaue Farbe schon seit Jahrzehnten abgebröckelt war. Auf dem Kopfsteinpflaster dahinter kauerte das Gras vom letzten

Jahr noch in den Ritzen, und auf dem alten Misthaufen links von der Scheune wucherten grüne Stängel von Pflanzen unbekannten Namens. Das Haus sah unbewohnt aus, Falkenberg hatte gesagt, dass er und seine Frau erst vor kurzem hergezogen waren.

„Wir hatten schon schickere Verabredungen, was, Fritzchen?", grinste Falkan und folgte seinem Dackel durch das offenstehende Türchen zur Haustreppe. Auf dem Schildchen neben der Haustür mit den zwei blinden Glasscheiben waren nur noch ein `N´ und ein halbes `L´ zu erkennen. Die Klingel selbst schien nicht zu funktionieren. Falkan klopfte. Keine zwei Sekunden drauf wurde die Tür geöffnet, als habe Falkenberg nur auf das Signal gewartet.

„Herr Falkan, schätze ich."

„Sie schätzen richtig", bestätigte Falkan und machte sich auf die Schnelle ein erstes Bild seines potenziellen Auftraggebers. Der erste Eindruck war, dass er nicht zu dem Haus passte. Er hatte etwas von einem Banker kurz nach Feierabend, ein bisschen elegant, ein bisschen lässig. Falkenberg trat zu Falkan auf die oberste Treppenstufe.

„Ich würde Sie ja gerne hereinbitten, aber wir sind noch nicht auf Besuch eingerichtet. Es ist alles noch etwas … einfach. Kommen Sie in den Hof. Dort können wir alles besprechen."

Als sie gemeinsam die Treppe hinunterstiegen, fragte sich Falkan etwas befremdet, ob das Innere des Hauses wirklich noch `einfacher´ sein konnte als der vergammelte Hof.

„Ich bin auch vor Jahren ins Linsengericht eingewandert", eröffnete Falkan auf dem alten Kopfsteinpflaster die Geschäftsverhandlungen. „Wie lange sind Sie denn schon hier?"

Statt einer Antwort zog Falkenberg einen Schlüsselanhänger mit einer kleinen Taschenlampe dran aus der Hosentasche.

„Wissen Sie, was das ist?"

„Na ja." Falkan wusste nicht so recht, ob die Frage ernst gemeint war. Die Antwort war zu offensichtlich. „Ich würde sagen, es ist irgendein Werbegeschenk."

„Richtig." Falkenberg streckte seinem Gast das Ding unter Nase. „Raiffeisen Warenzentrale. So was bekommt man, wenn man was mit Landwirtschaft zu tun hat."

Falkan konnte und wollte nicht widersprechen. Er selbst hatte zuhause mehrere Exemplare in der Schublade liegen. Beigaben aus den Zeiten, in denen er seinen Garten vom Acker hinter dem Haus zur blühenden Oase umgewandelt hatte.

„Sie sagten am Telefon, ich solle etwas oder jemanden für Sie ausfindig machen", versuchte er, die Verhandlungen wieder in eine Richtung zu bringen, die ihm etwas Klarheit über die Art des Auftrags geben würde. Falkenberg ließ das Lämpchen vor Falkans Gesicht baumeln.

„Genau. Und das hier könnte hilfreich für Ihre Arbeit sein."

Eine Aussage, die Falkan ohne zusätzliche Erklärungen bezweifeln musste. Er hatte leistungsstärkere Taschenlampen zuhause.

„Erzählen Sie."

Falkenberg drückte Falkan den Anhänger in die Hand und ließ sich auf der Betonumrandung des Misthaufens nieder.

„Ich habe dieses Ding letzte Woche oben im ersten Stock gefunden. Wir haben dort mit Aufräumen angefangen."

„Wir?“

Falkan kannte gerne die Umstände.

„Meine Frau und ich.“ Er fuchtelte mit der Hand durch die Luft, als wolle er eine Fliege verscheuchen. „Sie ist nicht hier. Geschäftsreise. Also, was ich sagen will, ist, dass dieser Anhänger vorher nicht dort oben auf dem Fußboden gelegen hat. Wir haben die alte Stube gründlich sauber gemacht. Der Staub von Jahrzehnten liegt überall.“

„Ich nehme an, eine Spielzeugtaschenlampe auf dem Fußboden ist nicht der einzige Grund, warum Sie mich engagieren wollen.“

Ein Hauch von Missmut erschien in Falkenbergs Gesicht.

„Da ich weiß, was sich wo in diesem Haus befindet oder nicht, würde es mir durchaus genügen, aber Sie haben Recht. Es ist nicht der einzige Grund. Kommen Sie.“ Er ging zum Scheunentor, entriegelte es und zog den rechten Flügel auf. Zum Vorschein kamen eine große Anzahl landwirtschaftlicher Geräte aus vergangenen Tagen. An den Sandsteinwänden hingen Rechen, Harken und Sensen an eisernen Haken. Es roch nach altem Holz. In der Mitte stand ein alter Deutz-Traktor auf dem Erdboden. „Als wir herkamen, habe ich mir das ganze Anwesen genau angesehen. Ich habe ein sehr gutes Gedächtnis, das ist in meinem Beruf wichtig.“

„Was sind Sie denn von Beruf?“, wollte Falkan der Vollständigkeit halber wissen. Wieder erschien dieser Anflug von Unmut in Falkenbergs Miene.

„Ich arbeite in Darmstadt bei der ESA. Sie wissen schon, Raketen, Kometen, kleine grüne Männchen.“

Falkan nickte und hoffte gleichzeitig, dass es bei seinem Auftrag nicht um das Auffinden letzterer ging.

„Kenn' ich."

Falkenberg deutete der Reihe nach mit der Hand an den Wänden entlang auf einzelne Gerätschaften.

„Das da und das und das, das hing alles vor zwei Wochen noch an dem Balken da hinten. Und das da war, als wir herkamen, noch auseinandergenommen. Jetzt ist es am Stück. Aber das Beste ist dieser alte Bulldog. Der hat vor zwei Tagen mitten in der Nacht angefangen zu rattern. Als ich runterkam, ging er wieder aus. Daraufhin habe ich Sie angerufen."

Falkans Befürchtung, die Suche nach außerirdischem Leben betreffend, rückte in greifbare Nähe. Er fühlte sich plötzlich fehl am Platz.

„Und Sie glauben jetzt, dass…?"

Er ließ die Frage unausgesprochen, um dem Mann Gelegenheit zu geben, sich zu erklären.

„Ich glaube, Herr Falkan, dass irgendwer, der früher einmal in diesem Haus gewohnt oder eine Beziehung dazu gehabt hat, aus irgendeinem Grund zurückgekommen ist."

Immerhin keine grünen Männchen, nur Gespenster. Falkans Erleichterung hielt sich dennoch in Grenzen.

„Sie meinen, dass diese Leute hier nachts…?"

Falkenberg konnte an Falkans skeptischem Gesichtsausdruck dessen Gedanken ablesen.

„Nicht was Sie denken. Ich bin kein Spinner, ich bin Physiker. Ich sehe die Welt realistisch, und realistisch betrachtet treibt sich hier in der Nacht jemand herum und verändert die Dinge. Im ersten Stock gibt es ein Zimmer mit alten Büchern. Alles durchwühlt." Er ging wieder auf den Hof hinaus und schloss hinter Falkan das Tor. „Ich glaube, dass jemand, der früher einmal hier gewohnt hat, etwas sucht. Vielleicht, weil er lange Jahre fort war, vielleicht, weil er gehört hat, dass wieder jemand in dem Haus wohnt und bei der Renovierung etwas finden könnte, was er nicht finden soll."

Falkan ließ den Blick nachdenklich an der bröckligen Fassade des alten Hauses entlanggleiten. Wenn er sich's recht überlegte, konnte er Falkenbergs Gedankengänge in gewissem Maße sogar nachvollziehen. Was der Mann von sich gab, war auch nicht weiter hergeholt als seine eigenen Ideen, die er bei der Lösung eines Falles seinem Nachbarn Kriminalhauptkommissar Bengt Friedrichsen manchmal als Lösungsansatz vorschlug. Allerdings fielen ihm hier spontan noch andere Möglichkeiten ein.

„Es könnte doch auch ein Landstreicher sein. Oder Kinder, die das Abenteuer suchen. Oder…"

Zu seiner Überraschung gingen Falkan unerwartet schnell die Möglichkeiten aus.

„Sehen Sie." Falkenberg schnipste mit den Fingern. „Das war's schon. Natürlich habe ich auch schon an sowas gedacht. Aber warum sollte ein Landstreicher die Aufmerksamkeit auf sich lenken, indem er einen alten Bulldog zum Laufen bringt, oder was sollten Kinder in vermoderten Büchern zu suchen haben?" Falkenberg schüttelte entschieden den Kopf. „Nein, da steckt etwas anderes dahinter, und ich möchte, dass Sie sich um die Sache kümmern. Finden Sie raus, wer hier gewohnt hat, suchen Sie ihn und klären Sie das. Okay?"

„Von wem haben Sie denn das Haus gekauft?"

„Von einer jungen Frau aus Los Angeles. Sie hat es vor einigen Jahren von ihren Großeltern geerbt, die schon vor Jahrzehnten ausgewandert sind. Die Leute hießen Arnold. Leider ist die Familiengeschichte nicht mehr nachvollziehbar."

„Aber wenn die ehemaligen Besitzer schon lange fort

sind, warum sollten sie jetzt zurückkommen?"
„Das sollen Sie ja herausfinden", bestand Falkenberg auf seinem Standpunkt. „Es könnten ja auch irgendwelche Verwandte dieser Arnolds sein, die sich eine Zeitlang hier eingenistet haben, oder sonst wer."
„Haben Sie denn die Nachbarn schon gefragt?"
Es erschien Falkan als das Einfachste, Fragen nach der Vergangenheit eines Hauses mit den Leuten zu klären, die es wissen mussten. Er erinnerte sich an die Sache mit dem Haus am Stadtweg.
„Nein."
Falkan wartete auf mehr, aber es kam nichts. Nun gut, sagte er sich, dann haben wir immerhin schon mal einen Anfang. Der Mann wollte wissen, wer früher in seinem Haus gewohnt hat, er sollte es erfahren. Falkan beschloss, den Fall anzunehmen. Es schien leicht verdientes Geld zu sein, und er würde nicht viel in der Weltgeschichte herumreisen müssen. Ein Gang zur Gemeindeverwaltung, ein paar Telefonate, etwas Klinkenputzen in der Nachbarschaft. Er kannte sich in solchen Dingen aus. Ein schöner, lukrativer Zeitvertreib.
„Also schön. Ich werde sehen, was ich tun kann. Wenn Sie mir Ihre Telefonnummer noch geben würden. Und was das Finanzielle angeht, da…"
„Das regeln wir wenn's so weit ist. Kein Problem. Mein Handy wurde mir letzte Woche gestohlen, und einen Festnetzanschluss haben wir noch nicht. Ich ruf' Sie an."

Melinda Boatonga schwebte zwischen den vier Stehtischen dahin und verteilte die Teller mit den Häppchen, die Simone Friedrichsen für die Einweihungsparty gezaubert hatte. Der freie Platz in der kleinen Werkshalle diente heute als Empfangsraum für eine kleine Schar geladener Gäste. Es sollte eine kleine Feier geben, damit man später einmal, wenn die Firma gewachsen und aus den roten Zahlen heraus war, etwas zum Erinnern hatte. Auch wenn die offizielle Einweihung erst heute stattfand, liefen die Maschinen bereits seit einer Woche. Es roch nach Öl und heißem Kunststoff.

Mike Grebner kam gemeinsam mit seinem Freund aus Studentenzeiten, Nils Hajek, die stählerne Treppe herunter, die zum Büro hoch führte. Wie die zwei so in ihren schicken Anzügen, Seite an Seite, die Stufen herabstiegen, wirkten sie fast wie Showstars aus früheren Zeiten. Melinda musste unwillkürlich lächeln und hauchte Mike einen Kuss auf die Wange.

„Du siehst aus wie ein Mann auf Erfolgskurs.“

Mike erwidere ihr Lächeln, allerdings sah es bei ihm etwas gequält aus.

„Ich komme mir vor wie ein Pinguin.“

Nils legte ihm freundschaftlich den Arm um die Schultern.

„Ist doch nur fürs Pressefoto. Ich hab’ Joachim Ludwig von der GNZ eingeladen. Ist gut für den Betrieb, wenn man hin und wieder in der Zeitung steht. Sobald die Gesellschaft wieder draußen ist, beschmieren wir uns wieder mit Maschinenöl.“

Wie aufs Stichwort ging die Stahltür neben dem großen Schiebetor auf, und die ˋGesellschaft´ betrat in Form von KHK Bengt Friedrichsen und KHK im Ruhestand Kurt Falkan die Halle. Für einen Moment drang der Lärm der nahen Autobahn herein. Falkan hielt die Flasche Sekt, die er gestern nach dem Besuch bei Jens Falkenberg besorgt hatte, in den Händen.

„Wäre nicht nötig gewesen, Kurt“, bedankte sich Mike

bei dem alten Freund. „Für ein paar Flaschen Sekt hat das Betriebskapital gerade noch gereicht."

„Man soll die heimische Industrie unterstützen, wo man kann", sagte Falkan, stellte die Flasche zu den Schnittchen und sah sich in der Halle um. „Wo sind denn nun die Hubschrauber?"

Mike lachte.

„Wir sind noch in der Vorbereitung. Die Produktion startet erst in ein oder zwei Wochen."

„Du hörst dich schon an wie ein richtiger Unternehmer."

„Was dich nicht davon abhalten soll, meine Dienste hin und wieder in Anspruch zu nehmen. Nur für den Fall der Fälle. Ich will ja nicht aus der Übung kommen."

Für diese Aufforderung erntete Mike ein paar gerollte Augen seiner Freundin Melinda. Sie kannte seine Vorliebe fürs Detektivspielen mit seinem Freund Kurt, hatte ihn aber – genau wie Mikes Schwester Simone – dazu gedrängt, etwas `Richtiges´ mit seinem Leben anzufangen. Die Monate nach dem Umzug von Kenia nach Deutschland hatten sie beide beruflich in der Schwebe gehängt, dann hatte Melinda eine Anstellung als Lebensmittelchemikerin in einer Hanauer Großmetzgerei bekommen, während Mike noch davon geträumt hatte, der Thomas Magnum des Linsengerichts zu werden. Erst ein Wiedersehen mit seinem alten Kommilitonen Nils Hajek hatte die Wende gebracht. Der war gerade im Begriff, seinen alten Traum vom Fliegen zu realisieren, ihm fehlten aber noch zahlungskräftige Partner. Melinda, die die Welt schon immer realistischer als Mike gesehen hatte, hatte sofort die Chance gesehen. Drohnen waren das Geschäft der Zukunft, und Mike brauchte eine Arbeit, die seinen Fähigkeiten entsprach. Mit ihren schwarzen

Augen und einigen anderen Streicheleinheiten war es ihr nicht schwergefallen, Mike davon zu überzeugen, bei Nils Hajek einzusteigen. Mike brachte das Fachwissen mit, sie das Startkapital.

Nachdem sie sich mit ihrem Vater nicht über die Art und Weise hatte einigen können, wie eine Rinderfarm im heutigen Kenia geführt werden sollte, hatte sich die Familie darauf geeinigt, dass ihr Bruder die Farm übernehmen sollte. Es war eine große Farm, und mit ihrem Erbteil, den sie ausgezahlt bekommen hatte, war es Melinda leichtgefallen, das benötigte Kapital zur Gründung der ʹFDZʹ GmbH beizusteuern. Es hatte zwar noch einiger weiterer Streicheleinheiten bedurft, um Mike die Bauchschmerzen wegen der finanziellen Beteiligung seiner Freundin an seiner beruflichen Zukunft auszutreiben, doch heute, am Tag der offiziellen Einweihung der kleinen Firma, waren alle drei Teilhaber froh über die getroffenen Arrangements.

Es wurde eine kleine, nicht allzu überladene Feier, ein paar Freunde und Verwandte der Geschäftsführung kamen noch, der Bürgermeister schaute auf einen Blick vorbei, um das neue Unternehmen am Ort zu begrüßen, und die Presse machte ein schönes Foto für die Zeitung. Gegen fünf Uhr waren die Schnittchen alle und die Gäste bis auf ein paar wenige gegangen.

„Ich hatte vor ein paar Jahren schon mal in diesem Gebäudekomplex zu tun", erinnerte sich Falkan an einen älteren Fall. „Ich glaube, das war ein bisschen weiter vorne auf der anderen Seite, im Innenhof. Jemand hatte dort ein Warenlager für unrechtmäßig in seinen Besitz gekommene Gegenstände."

„Kann ich mir gut vorstellen", nickte Mike und deutete die Treppe hinauf. „Manchmal abends, steh ich oben am Fenster und beobachte den Innenhof. Ich frage mich

dann immer, warum manche Leute immer erst mit den Lkws kommen, wenn es schon dunkel ist und was die wohl so transportieren."
Falkan grinste.
„Kannst das Detektivspielen wohl doch nicht ganz lassen, was?"
Melinda boxte Mike freundschaftlich in die Seite.
„Das werde ich ihm schon austreiben", versprach sie und hob ihr Glas. „Also dann, auf die `Flügel der Zukunft´ GmbH und darauf, dass sich der erste Propeller bald drehen möge."

Am nächsten Morgen begann Falkan, die Nachbarschaft des alten Arnoldhauses abzuklappern. Im Haus selbst regte sich nichts. Die Fenster waren dunkel und das Türchen stand immer noch offen. Im Vorübergehen fragte er sich, wo der neue Eigentümer eigentlich sein Auto parkte. Der Hof war so leer wie gestern.
`Wir sind erst vor zehn Jahren hergezogen´.
`So lange ich denken kann, steht die Hütte leer, und wer da mal drin gewohnt hat, keine Ahnung´.
`Da müssen Sie meine Oma fragen, die ist in Geislitz im Altersheim´.
Solche und ähnliche Antworten erhielt Falkan im Laufe seiner ersten Recherche, also nichts wirklich Hilfreiches. Auch der anschließende Besuch auf der Gemeindeverwaltung brachte nicht den schnellen Durchbruch. Im Computer war nichts über irgendwelche Aktivitäten in den letzten vierzig Jahren vermerkt, nur wunderte sich die Mitarbeiterin des Einwohnermeldeamts, dass jemand in dem Haus wohnte, denn eine Familie Falkenberg war noch nicht gemeldet. Sie machte sich eine entsprechende Notiz.

Auf dem Heimweg machte Falkan noch einen kurzen Abstecher zu seinem Klienten, um ihn auf einen eventuell zu erwartenden Brief der Gemeindeverwaltung vorzubereiten, doch auf sein Klopfen öffnete niemand.

Leicht entmutigt, auch nicht den kleinsten Hinweis erhalten zu haben, begab er sich auf den Heimweg. Falkenberg oder seine Frau waren nicht zuhause, Telefon gab es keins, also war die Sache auch nicht so dringend. Falkan beschloss, am Abend einen Zug durch die Kneipen zu machen, um sich unter den Alteingesessenen umzuhören. Vielleicht wussten ja die Zecher um die siebzig, achtzig, was in dem Arnoldhaus in den letzten Jahrzehnten vorgegangen war.

Als der weiße Sprinter von der Lagerhausstraße abbog, erloschen die Scheinwerfer. Die zwei Männer auf dem Vordersitz reckten die Köpfe Richtung Windschutzscheibe. Die wenigen erleuchteten Fenster der Hallen und Schuppen rechts der unbefestigten Straße reichten aus, um die Einfahrt zum Hof zu finden. Der Innenhof des alten Werksgeländes lag im Dunkeln da, nur ein schmaler Lichtstreif am Ende wies den Weg. Der Sprinter bahnte sich seinen Weg durch Pfützen, im letzten Augenblick wich der Fahrer einem Müllcontainer aus. Es hatte den ganzen Tag geregnet. Als sich der Lieferwagen dem Lichtstreif näherte, glitt ein Garagentor zur Seite und der Sprinter verschwand hinter den alten Backsteinmauern. Schnell wurde das Tor wieder geschlossen. Die Männer stiegen aus dem Führerhaus und wurden von einem bärtigen Bullen in alten Armeeklamotten begrüßt, der lachend eine derbe Bemerkung machte, woraufhin der Beifahrer laut lachte. Der Fahrer zog die Seitentür des Sprinters auf.

„Hört mit eurem russischen Kauderwelsch auf. Ich will wissen, worüber ihr redet."

Der Bulle, sein Name war Fedor Ljubov, grinste dreckig.

„Ich glaube nicht, dass du das willst, mein Freund."

Der andere klatschte mit der flachen Hand gegen das Blech des Laderaums.

„Wir sind spät dran. Spart euch eure Witzchen. Wo ist das Zeug?"

Der Blick des Bullen verfinsterte sich.

„Ich hab' dir schon mal gesagt, du musst an deinem Sinn für Humor arbeiten. Mit deiner Art machst du dir keine Freunde."

Im Gesicht des Angeredeten regte sich kein Muskel.

„Ich bin nicht hier, um Freundschaften zu schließen. Also?"

Ljubov schüttelte schnaubend den Kopf und ging zur hinteren Wand voran. Durch eine Tür gelangten die drei in einen halbdunklen Flur, an dessen Wand acht versiegelte Metallbehälter aufgestapelt waren.

„Irgendwann will ich mal wissen, was wir hier überhaupt durch die Gegend kutschieren", sagte der Fahrer des Sprinters. Der Bulle sah ihn mit kalten Augen an.

„Willst du nicht."

Zur näheren Erklärung fügte er sich mit dem Zeigefinger einen imaginären Schnitt durch die Kehle zu. Der Fahrer schnappte sich eine Kiste und wuchtete sie sich auf die Schulter.

„Los. Aufladen."

Es war schon der sechste Transport dieser Art in den letzten zwei Monaten. Es waren immer acht Kisten und es war immer das gleiche Arschloch, das sie abfertigte. Irgendwann würde er dem Kerl mal auf die Schnauze hauen und einen Blick hinter die Tür werfen. Aber nicht heute.

Als der Sprinter beladen war, gab Ljubov dem Fahrer einen Zettel mit dem Fahrtziel und öffnete das Tor. Der Sprinter rollte hinaus in die Nacht. Bevor er es wieder schloss, ging sein Blick zu dem Fenster im ersten Stock gegenüber. Trotz der Dunkelheit kam es ihm so vor, als wäre Bewegung hinter den Scheiben. Es war nicht das erste Mal, dass er das Gefühl hatte, dass dort oben jemand unnötig neugierig war. Er musste bei Gelegenheit mal rausfinden, wer die Nachbarn waren.

Der Frühling nahm in den nächsten Tagen an Fahrt auf, im Gegensatz zu Falkans Ermittlungen im Fall Falkenberg. Zwei Wochen nach Erteilung des Auftrags war er so schlau wie zuvor. Die Tapetenbahn, die er etwas voreilig zur Eintragung von Hinweisen an der Wand im Arbeitszimmer angebracht hatte, war noch so blank wie der Fußboden im Flur, den seine Perle, Birgit Krannich, gerade wischte. Mehrmals hatte Falkan an Falkenbergs Tür geklopft, doch niemand hatte geöffnet. Auch telefonisch hatte sich sein Klient nicht nach dem Stand der Dinge erkundigt.

So saß Kurt Falkan an diesem verregneten Dienstagmorgen am Küchentisch und kaute lustlos auf seinem Brötchen herum, während er den Fall Falkenberg in Gedanken abschloss. Immerhin hatte er noch keine finanziellen Ausgaben, auf denen er sitzen bleiben würde.

„Herr Falkan", rief es aus dem Flur, „soll ich Ihrem Fritz ein frisches Deckchen ins Körbchen legen?"

„Meinetwegen", antwortete Falkan ungewollt mürrisch, besann sich aber gleich darauf, dass seine Haushaltshilfe nichts für das Abtauchen seines Klienten konnte. „Danke im Namen meines Dackels."

Durch die Regenschleier, die am Küchenfenster herunterliefen, sah er seinen Nachbarn Bengt Friedrichsen den Dienstwagen besteigen. Auch wenn Falkan seinen Ruhestand genoss, beneidete er den Freund doch ein wenig darum, stets Nachschub kriminalistischer Art auf dem Schreibtisch zu haben. Friedrichsen und Kollegen mussten ihre Dienste nicht in der Zeitung anbieten und darauf hoffen, dass jemand die Annonce las.

Das Läuten der Haustürklingel erlöste Falkan von seinen trüben Gedanken.

„Ich mach' schon auf!"

Manchmal, so dachte Falkan und blieb sitzen, fühlte Birgit Krannich sich etwas zu sehr bei ihm zuhause.

„Hallo Frau Krannich, ist der Hausherr da?"

„Küche, Mike!", kam Falkan seiner Perle zuvor.

„Grüß dich, Kurt."

Mike Grebner betrat die Küche, pflanzte sich auf den Stuhl gegenüber und warf ein paar großformatige Fotos auf den Tisch. Falkan zog die Augenbrauen in die Höhe und griff danach.

„Bisschen dunkel."

„Ging nicht besser. Blitzlicht wäre etwas auffällig gewesen."

„Dann wäre das ja geklärt. Bliebe die Frage, um was es geht."

„Das war gestern Nacht, so gegen Mitternacht, im Hof hinter unserer Halle."

„Läuft die Produktion schon so gut, dass ihr Überstunden machen müsst?"

Falkan grinste.

„Läuft noch ein bisschen schleppend, aber wir haben ja erst angefangen. Nils ist gerade auf Tour, um Kunden zu gewinnen." Er deutete auf das Foto in Falkans Hand. „Das ist jetzt schon das dritte Mal, dass ich dort unten nächtliche Aktivitäten beobachtet habe. Es ist immer ein Kleintransporter, der dort reingefahren wird und nach ein paar Minuten wieder rauskommt. Diesmal hab' ich's fotografiert. Man kann das Kennzeichen erkennen."

„Melinda streicht dir das Budget, wenn sie mitbekommt, dass du euer Büro für private Ermittlungen missbrauchst."

Mike setzte ein schiefes Grinsen auf.

„Streu noch Salz in die Wunde. Ich fühle mich eh wie der Prinzgemahl. Mir hätte auch ein Trenchcoat und zweihundert Euro plus Spesen gereicht, aber meine Leute wollten ja unbedingt, dass ich was Richtiges anfange."

„Bist du denn nicht zufrieden? Eure Firma scheint mir doch recht vielversprechend zu sein. Rotoren für Drohnen sind doch das Geschäft der Zukunft. So steht's in eurem Prospekt."

„Stimmt ja auch, aber was du machst, finde ich einfach…wie soll ich sagen, romantischer."

Falkan hielt das Foto hoch.

„Und was meinst du jetzt, was ich damit Romantisches machen soll?"

„Das Kennzeichen wäre ein Anfang."

„Hast du schon mal deinen Schwager gefragt?"

„Dann kann ich's ja gleich Melinda auf die Nase binden. Ich dachte, das übernimmst du. Von dir ist er so was ja gewöhnt."

Falkan betrachtete sich das Bild genauer. Ein weißer Lieferwagen, zwei verschwommene Gesichter hinter der Windschutzscheibe, im Hintergrund eine offene Einfahrt und eine Gestalt im Halbdunkel. Das

Kennzeichen war aus dem Main-Kinzig-Kreis. Wenn man es so betrachtete, wirkte die nächtliche Szene schon recht konspirativ und machte Lust darauf, zu erfahren, wie die Dinge zusammenhingen.

„Also schön. Mir ist sowieso gerade ein Klient abhandengekommen. Ich kann mir ja mal ein paar Gedanken machen."

Mike nickte erfreut.

„Und ich halte weiter die Augen auf. Wer weiß? Vielleicht sind wir ja was Großem auf der Spur."

„Versprich dir mal nicht zu viel. Wahrscheinlich ist die Sache ganz harmlos." Er prostete Mike mit seinem inzwischen kalten Kaffee zu. „Aber für einen Rentner mit Abneigung gegen Langeweile ist es immerhin eine willkommene Abwechslung."

Kapitel 2

Falkan fuhr langsam an dem weißen Sprinter vorbei und parkte den Firebird um die Ecke. Er hatte gleich nach Mikes Besuch dessen Schwager kontaktiert und von diesem ohne die üblichen nervigen Verhandlungen den Namen des Halters erfahren. Friedrichsen hatte nicht einmal nach dem Grund gefragt. Falkan war gleichermaßen erfreut und irritiert gewesen. Der Mann hieß Lohfink und wohnte in einem der Wohnblocks am Ortsende von Meerholz.

Falkan stieg aus und schlenderte, ganz Rentner auf Verdauungstour, die Straße entlang. An dem Sprinter war nichts Auffälliges. Keine Beschriftung, nur ein Eintracht-Frankfurt-Adler am Heck und der Rest eines ADAC-Aufklebers. Ein Blick durch das Seitenfenster vermittelte einen Eindruck vom Ordnungssinn des Fahrers. Der Aschenbecher quoll über, eine zerfledderte Bildzeitung und angebrochene Chipstüten lagen auf dem Beifahrersitz, und den Fußraum zierten leere Plastikflaschen. Spuren auf dem Armaturenbrett zeugten davon, dass der Innenraum schon längere Zeit keinen Staubwischer gesehen hatte.

„Wird was gesucht?"

Erschrocken zuckte Falkan zusammen, fing sich jedoch schnell wieder und gab den Ahnungslosen.

„Gehört der Ihnen?"

„Wieso? Ist was damit?"

Falkan verspürte eine aggressive Grundhaltung seines Gegenübers, die vortrefflich zu dessen Äußerem passte. Grüne Bomberjacke über einem schmierigen Wanst, fettige Haare bis auf die Schultern und ein Gesicht wie eine Bulldogge, also genau der Typ, mit dem sich ein älterer Herr lieber nicht anlegen sollte.

„Nein, nein", beteuerte Falkan unschuldig und ging langsam davon. Er spürte die Blicke des anderen in seinem Rücken, bis der Motor ansprang und der Sprinter an ihm vorbeirauschte. Falkan wendete und ging zum mittleren der drei Hauseingänge. Nach kurzem Suchen fand er den Namen, daneben ein selbstgebasteltes Firmenschildchen mit der Aufschrift `Transporte´.

Warum aber führte er seine Transporte nachts durch?

Und warum hatte er keine Werbung auf dem Auto?

Das waren zwar keine Beweise für was auch immer, aber immerhin zwei von Falkans so geliebten Nebensächlichkeiten, die er, hätte er bereits ein kleines schwarzes Buch vorbereitet, sich für alle Fälle notiert hätte.

Einem Impuls folgend betätigte Falkan die Klingel. Lohfinks äußeres Erscheinungsbild ließ zwar nicht auf eine dauerhafte Zweierbeziehung schließen, aber wer konnte wissen? Vielleicht ergab sich ja etwas bei einem Gespräch, das es ebenfalls Wert war, auf der Tapetenbahn verewigt zu werden. Statt einer Stimme aus dem Lautsprecher wurde die Tür geöffnet, und eine ältere Dame trat heraus. Sie bemerkte Falkans Finger auf Lohfinks Klingelknopf.

„Der ist gerade aus dem Haus."

„Ist seine Frau denn da?"

„Frau?" Sie stieß ein hämisches Lachen aus. „So nötig hat das keine."

Sie wollte an Falkan vorbei, doch er trat ihr aus Versehen in den Weg.

„Was ist er denn für ein Typ, der Lohfink?"

„Ein unangenehmer."

„Sie mögen ihn nicht, was?"

„Sind Sie von der Polizei?"

„Warum? Gäbe es denn Gründe, warum sich die Polizei für Lohfink interessieren sollte?“

Jetzt wurde ihr das Gespräch an der Haustür unangenehm.

„Ich sag’ nichts.“

Diesmal ließ sie sich nicht den Weg versperren und rettete sich vor weiteren Fragen auf den Bürgersteig. Falkan sah ihr nach und ging dann langsam zum Auto zurück. Viel hatte ihm der Ausflug nach Meerholz nicht gebracht, aber immerhin einen ersten Eindruck von einem der Beteiligten an dem, was unter Mikes hinterem Fenster nach Einbruch der Dunkelheit vorging.

Nils Hajek schloss die Stahltür ab und aktivierte die Alarmanlage. Sie hatten bis in den späten Abend hinein gearbeitet, um die erste Ladung für morgen versandfertig zu bekommen.

„Kommst du noch mit zu Abdel? Mir ist nach Pizza.“

„Nee, wir haben uns eine neue Heißluftfritteuse gekauft, die wollen wir ausprobieren. Wenn du willst, kannst du mitkommen.“

„Danke, aber Pizza und dann ins Bett. Ich bin fix und alle.“

„Alter Mann, was?“, grinste Mike.

„Hab’ letzte Nacht kaum geschlafen.“

„Benita?“

„Hanna.“

„Such’ dir langsam mal was Festes. Du bist keine siebzehn mehr“, zitierte Mike unwissentlich seinen alten Freund Kurt Falkan.

Als sie sich durch die Dunkelheit über den Schotter des Vorplatzes zu ihren Autos tasteten, wurde das Rauschen der vorbeirasenden Fahrzeuge auf der nahen

Autobahn plötzlich von quietschenden Reifen und mehrfachem Scheppern und Krachen unterbrochen. Hinter der Leitplanke, keine zwanzig Meter entfernt, wurden die Autos langsamer. Der Verkehr aus Richtung Fulda kam zum Erliegen. Stimmen wurden laut, Leute schrien in der Dunkelheit.

„Das war heftig", rief Nils und lief auf die Scheinwerfer zu. Mike wartete und überlegte, ob er den Notruf wählen sollte, doch sicherlich hatten dort drüben schon alle ihr Telefon am Ohr. Er wollte Nils gerade folgen, als er im Licht der nahen Scheinwerfer einen Schatten einige Meter von sich entfernt an der Wand bemerkte. Um diese Zeit war normalerweise niemand mehr in den angrenzenden Garagen zugange. Der Schatten stand eine Weile still, dann huschte er davon, wobei er für eine Sekunde einen von der Autobahn herüberkommenden Lichtstrahl durchquerte. Mike glaubte, in dem kurzen Augenblick den Bullen von gegenüber zu erkennen, der immer das Tor für den Transporter öffnete.

Ohne sich weiter darüber Gedanken zu machen, rannte er zur Leitplanke, über die Nils bereits geklettert war, um zu helfen, wo geholfen werden konnte. Mehrere Autos und zwei Sattelschlepper waren ineinander gefahren, einige zertrümmerte Karosserien hingen in der gegenüberliegenden Leitplanke, und überall leuchteten die Warnblinker. Menschen stiegen aus ihren Fahrzeugen und liefen orientierungslos zwischen den Autos hin und her. Ein Mann saß weiter vorne auf der Leitplanke und schüttelte den Kopf. Eine Frau stand neben ihm und hatte ihre Hände auf seiner Schulter.

„Ich hab' ihn nicht gesehen", schluchzte der Mann immer wieder, „ich hab' ihn einfach nicht gesehen. Er war plötzlich vor dem Auto, ich hatte keine

Möglichkeit mehr. Er war auf einmal da."
Nils kletterte von der Autobahn wieder herüber.
„Da liegt einer auf der Straße, aber dem ist nicht mehr zu helfen. Sieht schlimm aus."
So standen beide hilflos am Seitenstreifen und beobachteten das Chaos auf der Piste, bis sich von der Lagerhausstraße her Martinshörner näherten. Wenig später kletterten die ersten Polizisten über die Leitplanke, um die Lage zu sichten. Dann kamen Krankenwagen und der erste Löschzug der Altenhaßlauer Feuerwehr. Der Schotterweg und die angrenzenden Garagen waren in flackerndes blaues Licht getaucht. Mike erinnerte sich in dem ganzen Durcheinander an den Schatten und sah zur Wand hinüber, doch außer zuckenden Blinklichtern, die sich in Fenstern spiegelten, war nichts zu sehen.
„Lass uns gehen", schlug Nils vor. „Wir stehen hier doch nur im Weg."
„Okay, ich geh' nur noch mal kurz ins Büro. Hab' was vergessen."
Während Nils an den Einsatzwagen vorbei davonfuhr, stieg Mike nochmal die Treppe hoch und betrat, ohne Licht zu machen, das Büro. Das Fenster hatte keinen Rollladen. Der Innenhof des alten Industriegeländes war in Dunkelheit gehüllt, nur hier und da bahnten sich von der anderen Seite kleine blaue Blitze den Weg zwischen den Gebäuden hindurch. Der Lichtstreifen unter dem Tor gegenüber deutete darauf hin, dass noch jemand anwesend war. Mike hätte zu gerne erfahren, ob sich in dieser Nacht dort drüben wieder etwas tat, doch er hatte in letzter Zeit Melinda schon zu oft warten lassen, und die Ausreden gingen ihm allmählich aus.

Am nächsten Morgen betraten Falkan und sein Dackel Fritz gegen zehn Uhr die Werksräume der `FdZ´. Die Maschinen liefen bereits und es roch nach warmem Plastik. Die Autobahn war vor einer Stunde wieder für den Verkehr freigegeben worden, nachdem die Aufräumarbeiten bis in die frühen Morgenstunden gedauert hatten. Der Unfall hatte sich noch in der Nacht herumgesprochen. Die vielen Rettungsfahrzeuge waren nicht zu überhören gewesen. Mike ließ das von der Decke baumelnde Steuergerät los, als er Falkan bemerkte.

„Grüß dich, Kurt", rief er gegen den Lärm der Maschinen an. „Komm, wir gehen nach oben, hier unten ist's etwas geräuschvoll."

„Habt ihr das Chaos gestern mitbekommen?", wollte Falkan wissen, während er hinter Mike die metallenen Stufen erklomm. In dem kleinen Büro im ersten Stock waren die Maschinen immer noch laut, doch man konnte sich unterhalten.

„Haben wir, sozusagen in der ersten Reihe." Mike ging zum Fenster und deutete in den Hof. „Wir haben gerade Feierabend gemacht, als es gekracht hat. Und ich könnte schwören, dass der Türsteher von gegenüber schon vor uns vorne gestanden und die Autobahn beobachtet hat."

„Was meinst du?"

„Na ja, mit ein wenig Fantasie hat es so ausgesehen, als würde er darauf warten, dass was passiert, und als es dann geknallt hat, ist er verschwunden."

„Du weißt, was dein Schwager Benji dazu sagen würde?"

Mike nickte.

„Weit hergeholt, ich weiß, aber was, wenn nicht?"

Falkan kam zum Fenster und sah nach unten.

„Gott sei Dank bin ich ja Freiberufler und kann meiner Fantasie freien Lauf lassen. Das Tor steht offen. Sagtest du nicht, dass es immer geschlossen ist?“

„War schon auf, als wir heute Morgen gekommen sind.“

Mike kramte einen Zettel aus der Tasche und gab ihn Falkan.

„Ich hab’ hier noch ein Kennzeichen. Schwarzer Chevy Tahoe, ziemlich neu. Der hat vorhin dort unten gestanden. Ich hab’ leider nicht mitbekommen, wer eingestiegen ist. Als ich wieder hochkam, war er schon weg.“

Falkan warf einen kurzen Blick auf den Zettel.

„Ich habe übrigens den Besitzer des Sprinters kennengelernt. Keine sehr sympathische Erscheinung.“

„Mike, kannst du mal kommen?“, rief Nils Hajek von unten. Mike sprang die Treppe hinunter. Nils balancierte gerade einen Behälter, der wie ein kleiner Torpedo aussah, und versuchte, ihn in eine der Öffnungen zu schieben. Mike packte an.

„Was hast du jetzt vor, Kurt?“, ächzte er, während der Torpedo in der Maschine versank.

„Wenn drüben das Tor schon offensteht, werde ich mal einen kurzen Blick riskieren.“

„Warte einen Moment. Ich komme mit.“

„Nee, bleib du mal hier. Falls noch jemand dort ist, kennen die dich vielleicht. Ich bin nur ein neugieriger Rentner beim Morgenspaziergang.“

Wenige Minuten später schlenderte Falkan an Müllcontainern, blauen Tonnen und geparkten Autos vorbei auf das Gebäude am Ende des Innenhofs zu. Fritz an seiner Leine vervollständigte das Bild des zufälligen Spaziergängers. Zwei Männer in Arbeitsklamotten standen rauchend vor einer

Autowerkstatt und nickten ihm zu. Falkan deutete auf das offenstehende Tor nebenan.

„Ist da noch jemand da?"

Die zwei zuckten simultan mit den Schultern. Falkan ging weiter und warf einen schüchternen Blick in die Garage. Sie war bis auf einige alte Benzinkanister leer. Die Tür nach hinten war nur angelehnt, was Falkan als Einladung empfand. Auf sein Rufen antwortete niemand. Über einen kleinen, dunklen Flur, ebenfalls leer, kam er in einen weiteren Raum, etwas kleiner als die Garage vorne, ausgestattet wie eine Gefängniszelle. Tisch, Stuhl und Spind. Falkan wusste nicht, was er erwartet hatte, doch etwas mehr wäre für den Fortgang des Falles – wenn es denn einer werden sollte – ganz schön gewesen. Fritz schnüffelte kreuz und quer über den kalten Betonboden, als wolle er seinem Herrchen doch noch etwas Interessantes vor die Füße legen.

Und tatsächlich, als Falkan gerade wieder nach draußen wollte, gab der Dackel mit einem kurzen Bellen laut, dass er unter dem Tisch auf etwas gestoßen war. Falkan bückte sich und hielt eine Art Banderole in der Hand. Sie war zerrissen und mit fremdländischen Zeichen beschriftet.

„Braver Hund, aber kannst du das auch übersetzen?"

Fritz verneinte mit erneutem Bellen. Falkan lächelte und ging nach einem letzten Rundumblick nach draußen. Oben, am Fenster gegenüber, stand Mike und blickte neugierig herab. Falkan hielt die Banderole hoch und hob die Schultern. Dann verließ er den Innenhof und begab sich zur Leitplanke, hinter der sich in der letzten Nacht der schwere Unfall ereignet hatte. Das Gras davor war noch zertrampelt von den vielen Füßen der Rettungskräfte.

Während die Autos an ihm vorbeirasten, grübelte

Falkan über die Frage nach, ob und wie die nächtliche Karambolage und das Verlassen der Garage gegenüber von Mikes Büro zusammenhängen konnten. Wenn es tatsächlich so war, wie Mike gesagt hatte und einer der Kerle zum Zeitpunkt des Unfalls die Autobahn beobachtet hatte, konnte das bedeuten, dass er damit gerechnet hatte, dass etwas passieren würde.

Aber was und warum?

Falkan griff in die Tasche und holte das Telefon heraus. Kriminalhauptkommissar Bengt Friedrichsen meldete sich erst nach mehrmaligem Klingeln.

„Schlechter Zeitpunkt, Kurt, bin in einer Besprechung."

„Dann müsstest du doch über meinen Anruf erfreut sein. Du magst doch keine Besprechungen."

„Was gibt's?"

Wie in solchen Situationen üblich klang Friedrichsen äußerst genervt.

„Hast du was von dem Unfall auf der Autobahn mitbekommen, gestern Abend?"

„Ich bin die Polizei, Kurt, ich bekomme alles mit. Was willst du?"

„Weißt du was Näheres?"

„Warum interessiert dich das?"

„Ich bin nun mal neugierig, das weißt du doch."

„Ich weiß aber auch, dass du, wenn du in einem Todesfall neugierig bist, immer Hintergedanken hast. Also?"

„Es gab also einen Toten?"

„Nochmal. Warum interessiert dich das?"

Falkan kannte das Frage- und Antwortspiel zwischen sich und Friedrichsen nur zu gut. Es besagte stets, dass beide etwas wussten, mit dem sie nicht herausrücken wollten. Meist gewann Falkan das Spiel.

„Ich habe gerade mit Fritz einen Morgenspaziergang

gemacht und kam dabei zufällig an der Stelle vorbei, wo es geknallt hat."

„Zufällig?"

„Ja. Ich war bei Mike, das ist ja keine fünfzig Meter von hier."

Falkan hoffte, Friedrichsens Bedenken, seine unschuldige menschliche Neugierde betreffend, mit dieser plausiblen Erklärung aus dem Weg geräumt zu haben.

„Na, dann ist's ja gut. Tschüss."

Ohne Vorwarnung unterbrach Friedrichsen das Gespräch. Falkan starrte verblüfft auf sein Handy. Diesmal gab es scheinbar keinen Gewinner in ihrem Spiel, doch er war sich sicher, dass irgendwas faul war und dass das etwas mit dem tödlichen Unfall von gestern Abend zu tun hatte. Es war Zeit, mal wieder einen Herrenabend einzuberufen, um Friedrichsens Auskunftsbereitschaft mit ein paar Bieren zu steigern.

Armand Kattarax entsprach ganz dem Klischee, dass sich der Rest der Menschheit von Leuten seines Schlags machte. Braungebrannt, in weißer Flanellhose, dunkelblauem Rollkragenpullover und einer Baseballkappe mit seinen Initialen in Gold auf der Vorderseite, stand er auf Deck der `Mannouche II´, hatte die Hände auf die Reling gestützt und blickte den beiden Männern, die soeben aus einem grünen Peugeot 2008 stiegen und über den Quai Jean Jaurês auf ihn zukamen, abwartend entgegen. Kattarax musste innerlich grinsen. Wenn er es äußerlich getan hätte, hätten es ihm die beiden sicherlich übelgenommen. Man musste bei ihrem Anblick stets an Komikerpaare aus früheren Kinozeiten denken. Der eine groß und lang, der andere klein und dick. Nur ihre Augen verrieten, dass sie alles andere als komisch waren. Wortlos stiegen die beiden an Bord und begrüßten ihren Gastgeber mit Handschlag.

„Hatten Sie einen guten Flug?“

„Danke ja“, sagte der größere der zwei und ließ seine Blicke langsam über die Cafés und Bars gegenüber den Anlegeplätzen wandern. Es sollte wie beiläufig wirken, doch ein Mann wie er wusste genau, nach welchen Anzeichen von Ärger er suchen musste. Kattarax bemerke seinen Blick.

„Erwarten Sie Schwierigkeiten?“

„Ja. Das ist auch der Grund, warum wir hier sind. Man scheint sich für uns zu interessieren.“

Kattarax sah zu den Cafés hinüber. Anfang März ging es an der Côte d'Azur mit den Temperaturen langsam aufwärts, und die Straßen von Saint-Tropez füllten sich wieder mit Touristen aus aller Welt.

„Wer?“

„Wissen wir nicht, aber es gab da einen kleinen Zwischenfall in einem der Lager. Leider waren unsere Leute etwas übereifrig und haben das Problem beseitigt, bevor dessen Herkunft geklärt werden konnte.“

„Das klingt nicht besonders dramatisch.“

Der Große, sein Name war Briganz, hatte immer noch die Tische gegenüber im Auge.

„Ist es auch nicht, aber es gibt da gewisse Hinweise, die auf einen Insider deuten. Es scheint ein Leck zu geben. Jemand wusste von der Lagerhalle.“

Kattarax' Blick verfinsterte sich.

„Wo?“

Briganz sah zuerst ihn an, dann wanderte sein Blick über die Deckaufbauten der `Mannouche´.

„Was ist mit Ihrer Crew?“

Kattarax verzog verächtlich den Mund.

„Machen Sie sich nicht lächerlich. Meine Leute sind sämtlich seit Jahren an Bord. Für jeden einzelnen lege ich die Hand ins Feuer."

Briganz zeigte ein schräges Grinsen.

„Für jemanden in Ihrer Position eine ziemlich naive und gefährliche Einstellung, finden Sie nicht auch?"

Kattarax hob das Kinn, blinzelte in die Morgensonne und atmete einmal tief durch.

„Warum sind Sie hier, Monsieur Briganz?"

„Es deutet einiges darauf hin, dass Informationen, über die nur Sie verfügen, an jemanden außerhalb der Firma gelangt sind."

„Bedeutet?"

„Nun. Da Sie über jeden Zweifel erhaben sind, Monsieur Kattarax, muss sich in Ihrem Umfeld jemand befinden, der das nicht ist."

„Ich sagte Ihnen bereits, dass meine Leute seit Jahren bei mir sind. Ich kann mir nicht vorstellen, dass…"

„Es gab also in letzter Zeit keinen Wechsel beim Personal?"

Kattarax atmete erneut durch, diesmal lautstark und mit einem Anflug von Unmut. Er war es nicht gewohnt, dass man ihm ins Wort fiel. Allerdings hatte sein Unmut auch etwas damit zu tun, dass Briganz mit seiner Vermutung nicht ganz daneben lag.

„Nicht beim Personal, nein."

„Sondern?"

Statt einer Antwort stieg Kattarax langsam die drei Treppen zum Oberdeck empor und lief an den Kajüten vorbei bis zur Brücke. Seine Gäste folgten ihm unaufgefordert. Am Niedergang zum Vorderdeck blieb Kattarax stehen und blickte nach unten, wo sich neben dem kleinen Pool ein schlanker Körper unter einer weißen Wolldecke rekelte. Natalie, seine neueste Eroberung. Sie war ihm vor einigen Wochen im Casino von Monte Carlo über den Weg gelaufen, zufällig, wie es damals schien. Unter diesen Umständen allerdings.

Briganz trat an Kattarax' Seite und folgte dessen Blick.

„Ist sie neu?"

Kattarax nickte.

„Der Mensch braucht Abwechslung."

„Was wissen Sie von ihr?"

„Offensichtlich zu wenig, wenn Sie mit Ihrem Verdacht recht haben."

Die junge Frau unter der Decke fühlte die Blicke auf sich und nahm die Sonnenbrille ab. Kattarax hob die Hand, sie winkte lächelnd zurück. Briganz sah Kattarax von der Seite an.

„Was bedeutet sie Ihnen?"

„Wie gesagt, der Mensch braucht Abwechslung."

Die drei Männer stiegen hintereinander die Stufen hinab. Hinter der Poolbar sah ihnen der Barkeeper erwartungsvoll entgegen. Sie schenkten dem Asiaten jedoch keine Beachtung, sondern gingen zur Liege, wo Natalie sich soeben aufsetzte und sie fragend ansah.

„Wer sind denn deine Freunde, Armand?"

Ihre Stimme klang so, wie sie aussah. Kühl und heiß zugleich.

„Zieh' dir was an, mein Schatz, wir machen einen kleinen Ausflug."

„Jetzt? Ich hatte mich eigentlich auf einen faulen Tag an Deck eingestellt."

„Es wird dir gefallen, glaube mir. Los, geh!"

Sie zog eine Schnute, verschwand aber gehorsam in Richtung der Kajüten.

„Was haben Sie mit ihr vor?"

Es war das erste Mal, dass der zweite Gast, ein Zwerg

namens Breller, den Mund aufmachte. Er war der stille Beobachter des Duos. Kattarax sah Natalie hinterher, wie sie hinter der glänzenden Glasfassade des Salons verschwand.

„Wie gesagt, wir werden einen kleinen Ausflug machen. Ich habe ein Anwesen oben in den Bergen. Von dort hat man einen wunderbaren Blick auf das Meer. Ich bin gerne dort, um nachzudenken." Er sah zuerst Briganz, dann Breller an. „Wenn Sie wollen, können Sie uns begleiten und mir beim Nachdenken helfen."

Die beiden Männer wussten, wie die Einladung gemeint war. Solche Einladungen gehörten zu ihrem Job. Briganz deutete mit dem Kinn zur Bar.

„Ich würde vorher gerne einen Drink nehmen. Vielleicht einen Bourbon."

Kattarax nickte dem Barkeeper zu.

„Kendo, einen Bourbon und mir einen Tomatensaft. Monsieur Breller?"

Breller schüttelte den Kopf und ließ sich auf der freigewordenen Liege nieder. Während Kendo die Getränke zubereitete, unterhielten sich die drei Männer leise über die nähere Zukunft. Niemand achtete auf die Glasschiebetür, die sich hinter ihnen lautlos öffnete. Erst als sie in die erschrockenen Augen des Barkeepers schauten, als der die Gläser brachte, drehten sie sich um. Natalie hatte sich inzwischen nicht nur angezogen, sondern auch mit einer silbernen Automatik bewaffnet, deren Lauf auf die Anwesenden gerichtet war.

„Ausziehen!"

Sie verlieh ihrer Anweisung mit einem kleinen Schlenker der Waffe Nachdruck. Die Männer sahen sie ungläubig an.

„Natalie, was soll das?", fragte Kattarax mit einer vor

Überraschung und Unschuld triefenden Stimme. Die junge Frau verzog die Lippen zu einem spöttischen Lächeln.

„Ich habe beschlossen, den Ausflug alleine zu machen. Los, ausziehen! Die Unterhosen könnt ihr anlassen. Kendo, du auch."

Zögerlich folgten die Männer der Aufforderung.

„Du machst einen Fehler, mein Schatz."

Kattarax war der erste, der in seinen Boxershorts neben dem Pool stand. Die anderen drei brauchten ein wenig länger, da sie nicht mit leichten Sportsachen bekleidet waren.

„Einen Fehler hätte ich gemacht, wenn ich deinen kleinen Ausflug mitgemacht hätte." Sie griff in die Tasche ihrer Jacke und warf ein Paar Handschellen in die Gruppe. „Los, ins Wasser und die Dinger anlegen. Du magst doch Fesselspielchen, Armand. Und macht euch am Handlauf fest, damit ihr nicht untergeht."

Während die vier Männer wortlos in den Pool stiegen, suchte Natalie vergebens in den Hosen und Hemden nach Waffen.

„Du glaubst doch nicht, dass du damit durchkommst", zischte Kattarax. „Du kommst keine zehn Meter weit."

„Außer uns fünf sind nur noch Dupont und der Captain an Bord. Mit denen werde ich auch noch fertig, wenn's nötig ist, mein Schatz."

„Wer, zur Hölle, bist du?"

„Eine von den Guten." Sie ließ die Automatik in der Tasche verschwinden und zog einen Autoschlüssel mit einem kleinen gelben Anhänger heraus. „Ich nehme den Ferrari. Du hast doch nichts dagegen, mein Schatz?"

Kapitel 3

„Den haben sie gleich heute Morgen abgeholt, Kurt. Ich war noch im Bett, da hat's geklingelt."
Sie standen auf dem Hof des Bestattungsunternehmens Mann. Die Tür zum Ausstellungsraum, in dem die Särge zur Ansicht aufbewahrt wurden, war noch offen. André Mann, der Eigentümer, hatte vor wenigen Minuten die Müllers verabschiedet, deren Vater vor zwei Tagen gestorben war.
„Ist das normal bei einem Verkehrsunfall?"
„Nur wenn der Verdacht besteht, dass es mehr als ein Unfall war."
„Haben sie denn was gesagt, als sie ihn geholt haben?"
Mann lachte.
„Haben sie. Wir kommen vom Institut für Gerichtsmedizin und haben hier eine Anordnung, wir würden gerne den Leichnam abholen, der bei Ihnen in der Kühltruhe liegt."
„Hast du eine Ahnung, wer der Tote war?"
„Nee Kurt. Ich habe weder einen Namen noch ein Gesicht. Der Mann ist von ein paar Autos überrollt worden, da bleibt nicht viel übrig. Wenn er Papiere bei sich hatte, hat die Polizei die. Was interessiert dich denn an der Sache?"
Falkan zuckte mit den Schultern.
„Ehrlich gesagt weiß ich das nicht so genau. Vielleicht ist es die Langeweile. Du kennst mich ja. Wenn ich nicht irgendwo rumschnüffeln kann, geht's mir nicht gut." Falkan kam ein Gedanke. „Apropos rumschnüffeln, kennst du das alte Arnoldhaus im Dorf?"
„Das schon seit Jahrzehnten leer steht?"
„Genau."

„Was ist damit?“

„Da ist wohl jemand eingezogen, und der hat mich beauftragt, etwas über die Vergangenheit des Hauses rauszufinden.“

Mann grinste.

„Seit der Sache mit dem alten Haus am Stadtweg bist du wohl so etwas wie erste Wahl, was die Vergangenheit von leerstehenden Häusern in Altenhaßlau betrifft, was?“

Falkan grinste zurück.

„Scheint so. Und, kannst du mir als Ur-Altenhaßlauer etwas über das Haus sagen?“

„Tut mir leid, Kurt, aber die Bude steht leer, so lange ich denken kann. Es hieß immer, die Leute seien nach Amerika ausgewandert.“

„Das hat mir der neue Besitzer auch gesagt. Er heißt Falkenberg.“

„Kenn’ ich nicht. Zugezogen?“

„Wie ich, aber mich hast du ja irgendwann auch kennengelernt.“

„Na, dann besteht ja noch Hoffnung, dass ich ihn auch irgendwann kennenlerne.“ Mann sah auf die Uhr. „Ich muss, Kurt. Der nächste Termin wartet.“

Die zwei Freunde verabschiedeten sich, und jeder ging seiner Wege. André Manns Wege führten ihn zur Friedhofskapelle am neuen Friedhof, Kurt Falkans nach Hause zu seinem Computer, wo er sich durch die zahllosen Schriftarten der Welt klickte. Die Banderole aus der leergeräumten Garage lag neben der Tastatur. Die kleine, zerrissene Spur führte ihn bereits nach kurzer Suche nach Asien und zu Devanagari, was frei übersetzt Schrift der göttlichen Stadt bedeutete. Es handelte sich dabei um die am meisten verbreitete Schriftart in Indien und Nepal.

Falkan nahm die Banderole zwischen die Finger und betrachtete sie nachdenklich. Was hatte so ein exotisches kleines Ding in einer Hinterhofgarage an der Lagerhausstraße zu suchen? Möglicherweise konnte eine Übersetzung Aufschluss geben, doch Falkans Versuche in dieser Richtung blieben im Laufe der nächsten halben Stunde leider erfolglos. Dennoch trieb ihn diese Frage für den Rest des Nachmittags um, und so fand er sich am frühen Abend im 'Lanzinger Brunnen' in Lanzingen wieder, einem Restaurant, das er vor Jahren einmal auf einer Radtour mit seiner verstorbenen Frau Sigi besucht hatte und das damals schon indische Pächter mit indischer Küche hatte. Daran hatte sich bis heute nichts geändert, und so verließ Falkan Lanzingen ein Bier später mit der interessanten – aber wenig hilfreichen – Information, dass die Zeichen auf der Banderole den Namen einer Firma Hondalco Industries Ltd. bedeuteten. Ein weiteres Bier zum Abendessen und einige Klicks durch das Internet später wusste Falkan, dass es sich bei diesem Unternehmen mit Sitz in Mumbai um einen Aluminium- und Kupferhersteller handelte. Der Eigentümer war ein Milliardär namens Kumar Bangala Rhada.

Nun waren Aluminium und Kupfer nicht unbedingt Werkstoffe, die auf ein bestimmtes Verbrechen hindeuten konnten, und so schlief Falkan an diesem Abend mit der sicheren Gewissheit ein, dass der vergangene Tag ihm in ermittlungstechnischer Hinsicht so gar nichts gebracht hatte. Blieb die Hoffnung auf den morgigen Herrenabend mit KHK Bengt Friedrichsen und dessen Geheimniskrämerei, den Unfall auf der Autobahn betreffend.

„Ich war gestern bei André Mann."

Friedrichsen und Falkan standen gemeinsam an der Friedhofskreuzung und warteten darauf, dass ihnen die Ampel den Weg in den `Buxbaum´ freigab, wo der Herrenabend diese Woche stattfand.

„Aha."

„Er sagte, dass der Tote von der Autobahn gleich morgens abgeholt worden ist."

Aus Richtung Geislitz kam ein Zwanzigtonner mit holländischem Kennzeichen und überhöhter Geschwindigkeit herunter und bog in einem halsbrecherischen Manöver zur Westspange ab.

„Wieder fünfzehn Euro für die Gemeindekasse", grinste Friedrichsen. Wie jeder andere Ortsansässige kannte er den Blitzer oben am Sportplatz.

„Die hatten es wohl auch ziemlich eilig."

„Wer?"

„Die von der Gerichtsmedizin. Die haben André aus dem Bett geschmissen, um die Leiche abzuholen. Was ist an einem Unfallopfer, das von einem Auto überrollt wurde, so interessant, dass die es nicht erwarten können, ihn aufzuschneiden?"

Die Ampel sprang auf Grün.

„Es gibt außer dir eben auch noch andere neugierige Menschen, mein Lieber", lachte Friedrichsen und setzte sich in Bewegung. Falkan folgte mit Fritz an der Leine.

„Du vergisst, dass ich auch mal bei eurem Verein war. Irgendwer muss die Obduktion schließlich angeordnet haben, und irgendwer muss auch wissen, wieso. Und mit irgendwer meine ich solche Leute wie dich."

„Als ehemaliges Mitglied in unserem Verein weißt du aber auch, dass Obduktionen von der Staatsanwaltschaft angeordnet werden."

„Aufgrund von Erkenntnissen, die von Leuten wie dir

ermittelt werden. Also?“

Friedrichsen fixierte Falkan misstrauisch von der Seite.

„Ich hab’ dich schon mal gefragt. Warum interessiert dich dieser Unfall so?“

„Und warum machst du so ein Geheimnis daraus?“

Wieder begann das alte Spiel. So liefen sie eine Weile schweigend die Hauptstraße entlang, jeder begierig darauf, dem anderen seine Gedanken aus der Nase zu ziehen.

„Du weißt, dass du die Ermittlungen behinderst, wenn du etwas verschweigst.“

Falkan witterte zum ersten Mal Morgenluft.

„Ermittlungen also. Um was geht’s?“

„Erst du.“

„Wenn ich nicht weiß, um was es geht, kann ich auch nicht wissen, ob meine Recherchen etwas mit eurem Fall zu tun haben.“

„Sag’ du mir, hinter was oder wem du her bist, und ich beurteile dann, ob das etwas mit unserem Fall zu tun haben könnte.“

Friedrichsen blieb stur. Diesmal schien Falkan das Duell zu verlieren. Er erwies sich daher als der Klügere und gab nach.

„Also schön. Es ist eigentlich nichts. Ich bin hinter nichts und niemandem her, aber Mike hatte den Verdacht, dass in einer Garage gegenüber seinem Büro nachts merkwürdige Dinge vorgehen. Transporter kommen in der Dunkelheit, Transporter gehen in der Dunkelheit. Das ging wohl längere Zeit so, und am Morgen nach dem Unfall war die Garage plötzlich leergeräumt. Du weißt, dass so etwas meine Aufmerksamkeit erregt.“

„Und deine Langeweile vertreibt“, grinste Friedrichsen.

Falkan nickte.

„Zugegeben, aber merkwürdig ist es doch, oder?“

„Na ja, merkwürdig“, zweifelte Friedrichsen. „Es ist nicht verboten, nachts Transporter zu fahren. Dafür haben sie schließlich Licht.“

„Du glaubst also nicht, dass das etwas mit eurer Sache zu tun haben könnte?“

„Kaum. Hast du denn noch was außer Transportern in der Nacht?“

„Jetzt verrate du mir erstmal, warum der Tote von der Autobahn auf dem Seziertisch der Gerichtsmedizin gelandet ist.“

„Er war so etwas wie ein Kollege.“

Friedrichsens schnelle Antwort überraschte Falkan nach all den Erfahrungen aus der Vergangenheit doch ein wenig.

„So etwas wie?“

„Er hatte einen britischen Pass. Nach Auskunft der dortigen Behörden war er eine Art Sonderermittler, und wenn wir so einen bei uns tot auf der Autobahn finden, müssen wir ein bisschen näher hinsehen.“

„Und was hat er ermittelt?“

„Hat man uns nicht gesagt, und wenn man es uns gesagt hätte, würde ich es dir bestimmt nicht sagen. Auf jeden Fall weißt du jetzt, warum wir uns diesen Unfall etwas genauer ansehen müssen, wir sind also quitt. Womit ich auf meine Frage zurückkomme. Hast du noch was außer den nächtlichen Transporten?“

Friedrichsens schnell entflammte Auskunftsfreudigkeit war genauso schnell wieder erloschen. In Falkan erwachte der Trotz. *'Würde ich es dir bestimmt nicht sagen'*. Solche Aussagen machten ihn störrisch. Er vergaß die Banderole, er vergaß den Mann, der vielleicht die Autobahn beobachtet hatte, und er vergaß den unsympathischen Bernd Lohfink.

„Nein, aber ich bleibe dran, und wenn ich noch etwas herausfinde, melde ich mich."

„Was willst du noch herausfinden, wenn die Leute weg sind? Ein Fall, der gar keiner ist, und dann noch ohne einen einzigen Verdächtigen. Für sowas muss dir aber wirklich langweilig sein."

Falkan fiel der Zettel mit dem Kennzeichen des schwarzen Chevy Tahoe in seiner Hosentasche ein, aber auch den vergaß er gleich wieder.

„Man darf die Hoffnung nie aufgeben."

Damit war das Thema beendet, das Spiel für diesmal vorbei, und man ging schweigend weiter in Richtung `Buxbaum´. Als sie an der Reinhardtsschänke vorbeikamen, sah Falkan die Saxonette von Hans Dörr und noch einige andere Zweiräder am Eingang stehen. Auch hier traf man sich auf ein Bierchen zum Feierabend.

„Übrigens, Mike kommt heute nicht. Die machen länger in der Firma."

„Ist doch gut. Als ich gestern Morgen dort war, liefen die Maschinen auch schon auf Hochtouren." Falkan stieß einen nachgemachten Seufzer aus. „Wenn das so weitergeht, ist dein Schwager fürs Detektivgeschäft endgültig verloren."

„Nicht, wenn er die Umgebung des Betriebs zur kriminellen Zone erklärt und hinter jedem Garagentor Verbrecher wittert."

Nach wenigen Minuten erreichten sie den Vorplatz der Gemeindeverwaltung. Hinter den Scheiben des `Buxbaum´ winkte ihnen Hannes Larrosch schon entgegen.

„Dann werde ich mich in Zukunft wohl auf den guten Hannes und die anderen Rentner verlassen müssen, auch wenn die nicht mehr so fit wie Mike sind."

„Müsstest du ja auch, wenn Melinda und Mike in Kenia geblieben wären." Friedrichsen zog die Tür auf und ließ Falkan den Vortritt. „Es ist also eigentlich alles beim Alten."

„Tja", seufzte Falkan, und diesmal klang es nicht nachgemacht. „Und der Alte, der bin wohl inzwischen ich."

Der schwarze Chevrolet Tahoe passte ebenso wenig zu dem unscheinbaren Reihenhaus, vor dem er parkte, wie der rote Ferrari mit französischem Kennzeichen daneben. Beide Fahrzeuge passten allerdings eindeutig zum Namen der Firma, auf die der Tahoe zugelassen war. `Meier Consulting´. Aus langjähriger Erfahrung wusste Falkan, dass Berater nicht im Opel Corsa vorfuhren.

Er hatte die Halterdaten unter Umgehung von KHK Friedrichsen von Robert Zappert, seinem Nachfolger bei der Frankfurter Kripo, erhalten. Zappi, wie er nicht gerne genannt werden wollte, hatte zwar auch erste Anzeichen von Auskunftsunwilligkeit erkennen lassen, war jedoch Falkan noch einen Gefallen schuldig und hatte daher die Datenschutzbestimmungen für einen Moment außer Acht gelassen.

Bei einer ersten Recherche hatte Falkan überrascht festgestellt, dass `Meier Consulting´ über keine Internetseite verfügte, was für heutige Zeiten und in dieser Branche recht ungewöhnlich war. Die Firma hatte nicht mal einen Eintrag im Telefonbuch.

Nun stand er, den Lenker in Händen, neben seinem Fahrrad auf dem Gehsteig gegenüber dem zweistöckigen Haus im Gelnhäuser Herzbachweg. Etwas weiter vorne ragten die Gebäude des Krankenhauses über die Wipfel der Bäume an der

Straßenecke hinaus. Falkan vermied einen längeren Blick. Seit seine Frau vor Jahren hinter den hohen Mauern der Klinik gestorben war, waren ihm Krankenhäuser zuwider.

Da er, genau genommen, gar keinen Fall hatte, hatte er sich auch noch keine Strategie ausgedacht, wie er mehr über `Meier Consulting´ erfahren konnte. Er stand nur so da, beobachtete die biedere Hausfassade über die Straße und machte sich Gedanken über Kleintransporter in der Dunkelheit, dicke Amikutschen und rote italienische Sportwagen, allesamt Zutaten, die zu einem gewissen Milieu passsten. Zu einem Milieu, das er seit über vierzig Jahren nur zu gut kannte.

Wie er so da stand, wurde gegenüber die Tür geöffnet. Eine junge Frau trat heraus, sah kurz zu ihm herüber und bestieg dann den Ferrari. Mit brodelndem Röhren fuhr der Wagen davon. Für alle Fälle notierte Falkan sich das Kennzeichen, wartete noch weitere fünf Minuten, während deren er über die Lage nachdachte und beschloss dann kurzerhand, zum Angriff überzugehen. Provokation war seit je her eine seiner bevorzugten Strategien, um den Gegner aus der Reserve zu locken. In diesem Fall wusste er zwar nicht, ob es überhaupt einen Gegner gab, aber er hatte nichts zu verlieren, und dumm stellen konnte er sich hinterher immer noch.

Er schob das Rad über die Straße, lehnte es an die Hauswand und klingelte bei Meier. Scheinbar hatten sich die Leute gesagt, wenn wir keine Internetseite brauchen, brauchen wir auch kein Firmenschild an der Haustür.

„Ja?", quäkte eine männliche Stimme.

„Herr Meier?"

„Ja."

„Von Meier Consulting?“
Diesmal brauchte die Stimme für die Antwort etwas länger.
„Ja?“
„Ich müsste mal mit Ihnen reden. Es geht um ein Grundstück in der Lagerhausstraße.“
Kurzes Zögern, dann summte der Türöffner.
„Kommen Sie rein, erster Stock.“
Im Gegensatz zu den Fahrzeugen auf dem Parkplatz erwies sich Herr Meier als absolut zum Haus passend. Buchhaltertyp mittleren Alters, beginnende Glatze und schüchterner Blick, als er Falkan die Wohnungstür öffnete.
„Guten Tag.“
Meier nickte und ging Falkan voran in die Küche. Auf dem Tisch stand noch eine Tasse Kaffee.
„Das ist mein Büro, sozusagen.“
Dieser Umstand war Falkan auf Anhieb sympathisch. Er selbst empfing seine Klienten auch gerne in der Küche. Allerdings widersprach Meiers Geschäftsgebaren und die Umgebung allem, was Falkan in all den Jahren über Beratungsunternehmen gelernt hatte. Er vermisste Glas, kalten Stahl und Monitore.
„Meins sieht so ähnlich aus“, scherzte er und ließ sich auf dem angebotenen Küchenstuhl nieder. „Ich wundere mich nur etwas. Bei einer Consultingfirma hatte ich eine andere Umgebung erwartet.“
„Na ja, Consulting ist vielleicht etwas viel gesagt, aber das Kind muss schließlich einen Namen haben. Consulting kann alles sein, nicht wahr?“ Meier lächelte entschuldigend. „Ich berate halt Leute, die einen Lagerplatz oder einen Unterstand suchen.“
„Wie den in der Lagerhausstraße?“

„Genau wie den. Warum fragen Sie? In letzter Zeit scheint sich alle Welt für die Bude zu interessieren."
„Ach ja?"
„Gerade war eine junge Frau hier und wollte wissen, wo diese Garage liegt."
„Eine Französin?"
„Nein, ich glaube, sie hatte mehr einen englischen Akzent."
„Und, haben Sie ihr gesagt, wo sie liegt?"
„Nein, hab' ich nicht. Vor ein paar Tagen war schon mal einer hier, der hat mich danach gefragt. Dem hab' ich's verraten, ist ja nichts weiter dabei, aber kurz drauf haben die Leute den Mietvertrag gekündigt, da wurde mir die Sache doch ein bisschen komisch. Jetzt verraten Sie mir aber erstmal, was es mit dieser Garage auf sich hat, dass jeder mich danach fragt."
„Das weiß ich selbst nicht so genau." Falkan zückte eines seiner Visitenkärtchen und reichte es Meier. „Ich bin Privatdetektiv und habe zurzeit ein wenig Leerlauf. Ein Bekannter von mir hat beobachtet, dass in Ihrer Garage nachts merkwürdige Dinge vorgehen. Das hat mich neugierig gemacht, und wie's aussieht, bin ich ja nicht der einzige, der neugierig ist. Wer war denn der Mann, der vor ein paar Tagen deswegen bei Ihnen war?"
„Er hat seinen Namen nicht gesagt, aber er hatte auch so einen Akzent wie die junge Frau vorhin." Meier warf einen Blick auf die Karte und maß Falkan dann von oben bis unten. „Wir entsprechen wohl beide nicht dem Bild, das man sich im Allgemeinen von Leuten unseres Berufsstands macht."
Falkan lachte.
„Ich weiß, was Sie meinen. Das höre ich öfter. Warum haben Sie Ihre Firma nicht Meier Grundstücks GmbH

genannt?“

Meier zuckte mit den Schultern.

„Ich habe vor ein paar Jahren eine größere Erbschaft gemacht und daraufhin diverse Grundstücke und Liegenschaften erworben. Ich war früher im Linsengerichter Bauamt tätig und bin mir plötzlich vorgekommen wie der große Manager. So was wie Grundstücks GmbH war mir wohl zu langweilig, und, wie gesagt, Consulting kann schließlich alles Mögliche sein.“

„Würden Sie mir verraten, wer der Mieter der Garage in der Lagerhausstraße war?“

Meier zog eine Schnute.

„Ich weiß nicht.“ Meier warf einen längeren Blick auf die Visitenkarte in seiner Hand. „Wenn da wirklich merkwürdige Dinge passiert sind, will ich da ungern mit hineingezogen werden. Wissen Sie wirklich nicht mehr?“

„Noch nicht, aber wenn ich weiß, wer der Mieter war, erfahre ich es vielleicht und werde Sie als Eigentümer umgehend informieren.“

Nach kurzem Nachdenken überwog bei Meier nun doch die Neugierde. Er ging zum Küchenschrank und zog einen Ordner aus der Schublade.

„Meine Geschäftsbücher.“ Er grinste und blätterte sich durch die Unterlagen. „Der Mann hieß, soweit ich mich erinnere, Gambinsky, aber ich will nichts Falsches sagen. Ah, hier haben wir es. Hans-Werner Gambinsky, Frankfurt. Ich erinnere mich, wie wir den Mietvertrag geschlossen haben. Er wollte die Garage, um darin irgendwelche Pakete zwischenzulagern.“

Falkan war ein wenig enttäuscht. Hans-Werner Gambinsky klang nicht besonders spektakulär. Ihm wäre ein indischer Kupferhersteller namens Hondalco

Industries Ltd. lieber gewesen.

„Ich werde mir den Herrn mal ansehen, rein aus Interesse. Schließlich hat er ja nichts verbrochen, soweit bekannt."

„Vielleicht wäre es ja hilfreich für Sie, sich mal mit der jungen Frau zu unterhalten, die vorhin hier war."

„Wissen Sie denn, wo ich sie finden kann?"

„Sie hat mich nach einem Hotel in der Nähe gefragt, da ist mir nur der Spessartblick in Großenhausen eingefallen."

Eine Minute später verabschiedete Falkan sich von Herrn Meier. Er hatte zwei Namen, zwei Adressen und die ungenaue Beschreibung eines Mannes mit englischem Akzent. Es war ein Anfang.

Falkan gefiel der Gedanke, dass der Besucher bei Meier und der Tote mit dem britischen Pass ein und dieselbe Person gewesen sein könnten. Er hätte Friedrichsen fragen können, doch er wollte nicht wieder Diskussionen über seine Absichten heraufbeschwören, und André Mann hatte das Opfer sicherlich auch gut genug in Erinnerung. Auf seinem Weg nach Großenhausen legte Falkan einen kurzen Zwischenstopp bei `Mann Bestattungen´ ein.

„Ich hab' dir doch gesagt, dass der Mann von mehreren Fahrzeugen überrollt worden ist, Kurt, da war mit Gesicht nicht mehr viel drin. Die Größe kommt aber hin, und was man von den Haaren noch gesehen hat, waren sie schwarz." Mann lächelte verstehend. „Dir ist immer noch langweilig, was?"

„Die Gartensaison hat noch nicht angefangen, und irgendwie muss man sich als Rentner schließlich beschäftigen. Was er auf der Autobahn gemacht hat, weißt du nicht zufällig?"

Mann grinste süffisant.

„Ich habe ein Bestattungsunternehmen, keine Wahrsagerei. Das einzige, das ich mit Gewissheit sagen kann, ist, dass er tot war."

Mit dieser nicht sonderlich hilfreichen Information im Ohr war Falkan kurz darauf in Richtung Großenhausen unterwegs. Der rote Ferrari, neben dem er seinen Firebird fünf Minuten später vor dem Hotelrestaurant `Spessartblick´ parkte, ließ dagegen auf interessantere Neuigkeiten hoffen. Es war zwölf Uhr, Mittagessenszeit. Er würde sich ein schönes Jägerschnitzel bestellen und während er wartete ganz beiläufig versuchen, etwas über die unbekannte junge Dame zu erfahren. Die Wirtin erinnerte sich mit Sicherheit an ihn. Vor Jahren waren die Falkans so etwas wie Stammgäste gewesen.

Als Falkan die Gaststätte betrat, kamen die Erinnerungen in ihm hoch. Sigi und er hatten oft dort auf der Eckbank gegenüber der Theke gesessen und sich von langen Wanderungen durch die umliegenden Wälder ausgeruht. Heute Mittag waren nur wenige Gäste da, der Stammplatz der Falkans war besetzt. So rutschte er auf die Eckbank neben dem Eingang und bekundete der Bedienung mit einem Nicken seinen Willen zum Bestellen. Es war ein junges Mädchen, das zu Zeiten von Falkans Linsengerichturlauben noch in den Kindergarten gegangen war.

„Was darf's sein?"

„Ein Wasser und ein Jägerschnitzel, bitte. Ist die Chefin auch da?"

„Nein, die ist unterwegs. Wollen Sie ein Zimmer?"

„Nein, nein, ich wollte nur mal mit ihr reden. Ich war früher oft hier."

Sie ging mit einem Lächeln davon und wäre im

Durchgang zur Küche beinahe mit einer jungen Frau zusammengestoßen. Falkan hielt die Luft an, als er sah, dass es die Fahrerin des Ferraris war. Sie streckte auf der Suche nach einem geeigneten Platz ihren schlanken Hals und nahm dann am Nebentisch Platz, nachdem sie Falkan stumm zugenickt hatte. Falkan lächelte flüchtig und widmete seine Aufmerksamkeit danach wieder krampfhaft der Blumenvase auf der Theke, den anderen Gästen einen Tisch weiter und der Bedienung, die soeben wieder aus dem Nebenraum kam. Dabei hoffte er, dass die junge Frau ihn nach dem Blick, den sie ihm vor nicht ganz zwei Stunden vor Meiers Haus über die Straße zugeworfen hatte, nicht wiedererkannte. Sie bestellte mit unverkennbar britischem Akzent ein Wasser und einen Salat, der gleichzeitig mit Falkans Schnitzel serviert wurde.

Während er sich sein Essen schmecken ließ, dachte er darüber nach, sie einfach nach dem Grund ihres Interesses an der Garage in der Lagerhausstraße zu fragen, doch sie erwies sich als schnelle Esserin und war bereits fertig, bevor er zu einem Entschluss gekommen war. So konnte er ihr nur, ärgerlich über die eigene Unentschlossenheit, hinterhersehen, wie sie durch die Eingangstür in der Frühlingssonne verschwand. Binnen weniger Sekunden vollendete er seine Überlegungen und rutschte eilig von der Bank, doch da drang bereits das Röhren des Ferraris durch das gekippte Fenster zum Hof. Falkan sank auf die Bank zurück und beendete seine Mahlzeit. Immerhin wusste er, wo sie wohnte, und die Bedienung würde ihm bestimmt sagen können, wann die Chefin wieder im Hause war.

Gegen vierzehn Uhr fuhr Falkan den Firebird in die Garage. Die Wirtin des `Spessartblicks´ würde erst am Abend zurückkommen. Er hoffte, dass die wunderbare Wurstplatte von früher noch für einen späteren Besuch auf der Speisenkarte stand.

Der VW-Bus der Friedrichsens stand gegenüber vor ihrem Haus. Es war Freitagmittag, und Falkan wusste, dass Friedrichsen inzwischen Feierabend haben musste. Gemütlich schlenderte er über die Straße und klingelte. Vielleicht konnte er dem Freund doch ein unverfängliches Gespräch über einen toten Engländer auf der Autobahn aufzwingen. Simone öffnete.

„Benji ist nicht da, Kurt. Er ist mit Müller und der Maas zu irgendeiner Besprechung nach Offenbach gefahren.“

„Am Freitagmittag?“ Falkan wurde stutzig. „Muss aber was verdammt Wichtiges sein, wenn Frau Kriminalrat dabei ist.“

„Ich glaube, es hat was mit diesem Unfall am Dienstagabend zu tun.“ Sie lachte. „Benji hat gemeckert, dass er sich jetzt auch noch um Verkehrsunfälle kümmern müsse. Du kennst ihn ja.“

„Hat er denn sonst noch was erzählt?“

„Nur, dass er sich wünschte, der Mann wäre ein paar Kilometer weiter rauf oder runter außerhalb seiner Zuständigkeit überfahren worden.“

Falkan grinste.

„Dein Mann arbeitet wohl auch auf die Rente hin. Ich komme später noch mal…“

Näherkommendes Motorengeräusch unterbrach Falkans Worte. Für Motoren hatte er ein Ohr, und diesen unverwechselbaren Sound hatte er heute schon zweimal vernommen. Beide Male war ein roter Ferrari dafür verantwortlich, so auch diesmal. Langsam kam der

Wagen aus Richtung Hauptstraße angerollt, fuhr langsam an seinem Haus vorbei und bog weiter vorne zur Pizzeria `Capriccio´ hinauf ab. Falkan glaubte, den Hinterkopf der Fahrerin gesehen zu haben, was bedeutete, dass sie zu seinem Haus hinübergesehen hatte. Wahrscheinlich hatte sie den Firebird durch die offene Garage erkannt.

„So was hättest du wohl auch gerne, was?"

„Mich würde viel mehr interessieren, wer drin gesessen hat. Mach's gut."

Später am Nachmittag, nach einer Tasse Kaffee und dem Umwidmen der Tapetenbahn im Arbeitszimmer von `Fall Arnoldhaus´ in `Fall junge Frau im roten Ferrari´ machte sich Falkan bei einem Spaziergang durch seinen noch jungfräulichen Garten Gedanken über all die Dinge, die ihn im Moment beschäftigten.

Wo sollten dieses Jahr die Tomaten hin, wo die Karotten und wo die Kartoffeln?

Sollte er wieder so viel Grünzeug wie letztes Jahr sähen? In der Kühltruhe lag jetzt noch gläserweise Petersilie und Lauch.

Was war das für eine wichtige Sache, wegen der Friedrichsen, Müller und Frau Kriminalrat Maas extra ins Präsidium nach Offenbach fahren mussten?

Vor allem aber, warum war die junge Frau im roten Ferrari ihm scheinbar von Großenhausen aus gefolgt, und warum hatte er es nicht bemerkt? Früher wäre ihm ein so auffälliger Wagen im Rückspiegel aufgefallen.

Sie schien ihre kurze Begegnung vor Meiers Haus am Morgen nicht vergessen zu haben und wollte nun herausfinden, warum er im `Spessartblick´ aufgetaucht war.

Wahrscheinlich glaubte sie ebenso wenig wie er selbst an Zufälle. Sollte das der Fall sein, würden sich ihre

Wege sicherlich in nächster Zeit wieder kreuzen, und Falkan konnte die Wurstplatte im `Spessartblick´ für diesen Abend streichen. Er würde erstmal abwarten, ob sie heute oder morgen den Kontakt zu ihm suchte.

Am Ende des Gartenwegs angekommen beschloss er, die Tomaten dieses Jahr gleich vor den Zaun zu setzen und morgen früh sein Seniorenticket der Bahn für einen Ausflug in sein altes Revier zu nutzen.

Kapitel 4

Die Siesmayerstraße im Frankfurter Westend war eine der noblen Wohnstraßen, was jedoch nicht bedeutete, dass Falkan in seiner aktiven Zeit nicht hin und wieder dienstlich an die Türen der schicken Wohnhäuser aus dem 19. Jahrhundert geklopft hätte. Um sich die Mieten hier leisten zu können, musste man entweder von Haus aus reich sein, fleißig oder – was Falkan und seine Kollegen betraf – auf der falschen Seite des Gesetzes stehen.

Als er am nächsten Morgen vor dem fünfstöckigen Gebäude gegenüber dem Eingang zum Palmengarten stand, fragte er sich, zu welcher dieser drei Kategorien Hans-Werner Gambinsky gehören mochte. Um es herauszufinden, betätigte er die Klingel, die zum obersten Stockwerk gehörte. Nach einer Weile meldete sich eine müde klingende Frauenstimme.

„Wer stört?"

Falkan sah auf die Uhr. Es war halb elf, normale Menschen waren um diese Zeit wach.

„Ich würde gerne mit Herrn Gambinsky sprechen."

„Da sind Sie ein paar Tage zu spät."

Falkans geübten Ohren entgingen die alkoholbedingten Zwischentöne keinesfalls, die von einem ziemlichen Kater oder von bereits am frühen Morgen genossenen geistigen Getränken zeugten.

„Ist er denn verreist?"

Ein Kichern drang aus dem kleinen Lautsprecher.

„Sozusagen."

„Wann kommt er denn zurück?"

Wieder kicherte sie.

„Da wäre er der Erste."

„Ich verstehe nicht", sagte Falkan, obwohl er etwas zu

ahnen begann.

„Er ist hin, hops gegangen, kaputt. Kapiert?“

Mit ihren alkoholschwangeren Worten bestätigte sie Falkans Ahnung.

„Tut mir leid. Was ist denn passiert?“

„Wer sind Sie überhaupt?“

„Mein Name ist Falkan, ich wollte etwas Geschäftliches mit ihm besprechen.“

„Na, Geschäfte macht er ja nun keine mehr.“

Falkans Interesse am Ableben des ihm unbekannten Herrn Gambinsky war geweckt.

„Kann ich mal mit Ihnen reden? Ich würde gerne wissen, was geschehen ist.“

„Klar.“

Die schnelle Einwilligung überraschte Falkan. Ihr Zustand schien ihr Urteilsvermögen, was fremde Männer an der Haustür betraf, zu schmälern. Der Summer öffnete ihm die Tür, der Fahrstuhl brachte ihn in den fünften Stock. An der Wohnungstür empfing ihn eine leicht bekleidete Frau um die dreißig. Es war nicht festzustellen, ob sie ins Bett wollte oder ob sie es gerade verlassen hatte.

„Ich hoffe, ich komme nicht ungelegen.“

Sie lächelte spöttisch.

„Hab’ nichts Besseres vor, kommen Sie rein. Wollen Sie was trinken?“

„Ist mir noch ein bisschen früh.“

Falkan sah sich in der geräumigen Wohnung um. Es war alles vom feinsten, Gambinsky musste einen eleganten Geschmack gehabt haben. Im Wohnzimmer deutete alles auf eine kürzlich stattgefundene Party hin. Sie ließ sich von Falkans Absage nicht aufhalten und goss sich aus einer halbvollen Sektflasche ein. Dann pflanzte sie sich aufs Sofa und sah Falkan fragend an.

„Was wollten Sie denn von Hansi?"

„Wie Sie schon sagten, das mit den Geschäften hat sich ja nun erledigt, es sei denn, Sie führen die Geschäfte fort."

„Nee. Ich weiß nicht mal, was er überhaupt getrieben hat. Ich war ja erst seit ein paar Wochen mit ihm zusammen."

Ein Bild an der Wand erweckte Falkans Aufmerksamkeit. Ein Mann in Fliegermontur, dahinter eine glänzende einmotorige Sportmaschine. Die Gebäude im Hintergrund kamen ihm bekannt vor.

„Ist er das auf dem Gelnhäuser Flugplatz?"

„Ja. Er und sein Lieblingsspielzeug."

Falkan trat näher an die Wand heran.

„Er war älter als Sie."

„Was Sie nicht sagen. Älter und reicher, ums genau zu sagen, damit Sie sich keine falschen Vorstellungen machen."

Falkan verstand allmählich, warum sich ihre Trauer in Grenzen hielt.

„Um an Altersschwäche zu sterben war er dann aber doch noch ein wenig zu jung. Also, was ist passiert? War er krank?"

„Wieso interessiert Sie das? Sie wollten doch nur Geschäfte mit ihm machen."

Sie war nur ein paar Wochen mit Gambinsky zusammen gewesen, war halb so alt und hatte sich, wie's aussah, von ihm aushalten lassen. Die Spuren der Party im Wohnzimmer ließen dazu nicht auf eine Trauerfeier schließen. Man konnte also davon ausgehen, dass sie keine sonderlich moralischen Bedenken hatte, über ihn zu reden.

„Ehrlich gesagt, ich kannte ihn gar nicht. Ich bin Privatdetektiv und ermittle in einer Sache, in der sein

Name aufgetaucht ist. Ich wollte mir nur ein Bild von ihm und seinen Geschäften machen."
Sie sah Falkan über den Rand ihres Sektglases an.
„Privatdetektiv, was?"
Falkan kannte diesen Blick und er war ihn gewohnt. Die Leute hatten eben ihre eigenen Vorstellungen von Privatdetektiven.
„Es ist mehr ein Hobby. War die Fliegerei Gambinskys einziges Hobby?"
„Das und ich."
Sie warf Falkan einen vielsagenden Blick zu.
„Und, an was ist er nun gestorben?", kam Falkan wieder zum Punkt. Sie wandte den Blick in Richtung der Glastür, die auf einen schmalen Balkon führte.
„An fünfzehn Metern Höhenunterschied. Die Polizei meint, es war ein Unfall. Er hatte über zwei Promille."
Falkan trat ans Fenster. Von hier oben konnte man auf das Glasdach des Palmenhauses etwas weiter die Straße hinunter sehen.
„Hat er viel getrunken?"
Sie grinste und hob ihr Glas.
„Nicht mehr als ich, aber ich war an dem Tag nicht hier. Vielleicht hat er für uns beide getrunken."
„Wann ist es denn passiert?"
„Am Montag."
Falkan hatte inzwischen neben der Tapetenbahn für die große Übersicht seiner Ermittlungsergebnisse auch ein kleines schwarzes Büchlein für unterwegs angelegt. Er nahm es aus der Tasche und notierte sich den Montag. Einen Tag später war der Engländer auf der Autobahn überrollt worden. Zwei Männer hintereinander, die einen unschönen Tod gestorben waren.
Zufall?
Falkan musste sich ins Gedächtnis rufen, dass er weder

einen Mandanten noch einen Fall, sondern nur Mikes Ahnungen und seine eigene Neugierde, basierend auf seiner Langeweile, hatte. Dennoch waren die kleinen Details, das Interesse verschiedener Personen an der Garage und die zwei Toten im Umfeld jener Garage, ein Grund für ihn, weiterhin neugierig zu sein.

„Hätten Sie etwas dagegen, wenn ich mich hier mal ein bisschen umsehe?" Ihre Antwort war eine ausschweifende Geste mit der freien Hand, die andere führte das Glas zum Mund. „Wo hat er denn sein Büro?"

„Sowas hat er nicht."

„Hatte er irgendwo eine Firma?"

„Nicht, dass ich wüsste."

„Und wie führte er dann seine Geschäfte? Es muss doch Unterlagen geben, Ordner oder so."

Sie hielt Falkans Visitenkärtchen in die Höhe und grinste.

„Schon mal was von Computern gehört, Herr Detektiv? Er hatte einen Laptop, das war alles. Wenn Sie sich hier umsehen, werden Sie nur herausfinden, wie er so gelebt hat."

„Nicht schlecht, würde ich sagen." Falkan überflog mit Blicken nochmal die erlesene Einrichtung des Wohnzimmers. „Ist der Laptop denn noch da, oder hat die Polizei ihn mitgenommen?"

„Keine Ahnung, aber ich hab' ihn seit Hansis Abflug nicht mehr gesehen."

„Bleiben Sie denn hier wohnen?"

„Solange niemand kommt und mich rausschmeißt. Mir gefällt es hier."

Falkan lächelte verstehend. Die junge Dame schien den Ernst des Lebens wirklich noch nicht erkannt zu haben.

„Sie haben meine Karte. Würden Sie mich anrufen,

wenn jemand kommt, um Sie rauszuwerfen?"

„Wollen Sie denn für mich kämpfen, edler Ritter?"

„Aus dem Alter bin ich leider raus, aber ich würde gerne mal mit den Leuten reden. Ein Name oder eine Autonummer wären da ganz hilfreich."

„Werd's mir merken."

Sie winkte zum Abschied. Als Falkan das Haus verließ, stiegen gegenüber zwei Männer aus einem dunkelblauen Maserati und überquerten die Straße. Die beiden erinnerten ihn an Pat und Patachon, einer lang und dürr, einer klein und dick. Ihr humorloser Blick, als sie an ihm vorbeikamen und hinter ihm im Haus verschwanden, widersprach allerdings der äußeren Ähnlichkeit mit dem Komikerduo aus der Stummfilmzeit.

Bevor Falkan sich auf den Weg zur nächsten Haltestelle machte, warf er aus alter Gewohnheit noch einen Blick auf die Stelle, wo Gambinsky nach seinem letzten Flug gelandet sein musste, doch der Platz war bis auf Zigarettenstummel und einen leeren Pappbecher sauber. Die Stadtreinigung hatte gute Arbeit geleistet.

Es gab kaum einen friedlicheren Ort als den alten Friedhof in Altenhaßlau an einem Sonntagmorgen im März. Die Geräusche der vorbeirauschenden Autos drangen nicht bis zu den unteren Gräbern herab, und die Vögel in den Birken läuteten trällernd den Frühling ein. Schweigend stand Falkan am Grab seiner Frau, die Rose in der Hand und Melancholie im Herzen. Normalerweise waren dies die Momente, in denen er stumme Zwiesprache mit Sigi hielt, ihr im Geist von seinem aktuellen Fall erzählte und darauf hoffte, dass sie von dort, wo immer sie sein mochte, einige hilfreiche Tipps beisteuern würde. Das hatte früher schon am abendlichen Küchentisch funktioniert, und manchmal funktionierte es auch heute noch.

Diesmal jedoch waren Falkans Gedanken leer. Es gab keinen Fall, es gab nicht mal einen Tatbestand, wenn man von nächtlichen Transporten, verunglückten Männern und einer jungen Frau im roten Ferrari absah. Dennoch fuhr nach einer Weile ein roter italienischer Sportwagen durch die Leere in seinen Gedanken und an seinem Haus vorbei.

„Warum ist sie mir nur nachgefahren?"

Sigi antwortete nicht auf seine geflüsterte Frage. Er hatte auch nicht damit gerechnet. Früher, am Küchentisch, hätte sie ihm wahrscheinlich geraten, die junge Frau einfach zu fragen, wer sie war und was sie vorhatte, da er doch so gar nichts von ihr wusste. Auf diese geniale Idee war er jedoch selbst schon gekommen, vorhin beim Frühstück. Daher war er mit dem Auto zum Friedhof gekommen, um seinen Weg anschließend nach Großenhausen fortzusetzen. Da sie ihn nach ihrem Defilee am Hause Falkan noch nicht kontaktiert hatte, musste er nun doch selbst aktiv werden, um das Geheimnis um ihre Person zu lösen. Sie war schließlich die einzige, die, wie auch immer, mit was auch immer zu tun haben konnte und die noch greifbar war. Er konnte nur hoffen, dass sie noch nicht abgereist war.

Von plötzlicher Ungeduld ergriffen tauschte Falkan die alte Rose auf dem Grab gegen die frische aus und machte sich auf den Weg. Wenn die junge Frau fort sein sollte, war es um die Befriedigung seiner Neugierde schlecht bestellt. Vom Beifahrersitz her begrüßte ihn freudiges Hundegebell. Falkan klemmte sich hinters Steuer und fuhr den großen Ami rückwärts vom Parkplatz.

„Gibt gleich Fresschen, Fritzchen." Als der Firebird schon halb auf der Straße war, kam von Gelnhausen kommend ein weißer Kleintransporter in Richtung Geislitz angeschossen. Falkan konnte gerade noch auf die Bremse treten. „Idiot!"
Bei dieser Geschwindigkeit war der Transporter nach wenigen Sekunden oben um die Kurve. Falkans Ärger über den Verkehrsrowdy verflog rasch, als er an den Blitzer vor der Bushaltestelle dachte. Wieder fünfzehn Euro für die Gemeindekasse. Außerdem hatte die Begegnung mit dem Raser noch einen erhellenden Effekt. Das Fahrzeug hatte ihn an eine weitere Person erinnert, die Aufschluss über die Aktivitäten in der Garage in der Lagerhausstraße geben konnte und die noch greifbar war. Bernd Lohfink, der unsympathische Kleinunternehmer aus Meerholz.
So gesehen, dachte Falkan auf dem Weg nach Großenhausen, hatte sein Besuch auf dem Friedhof für seine Ermittlungen doch etwas gebracht. Wenn die junge Frau im roten Ferrari tatsächlich abgereist sein sollte, würde er sich an Lohfink halten.
„Das ist aber schön, dass man Sie auch wieder mal sieht, Herr Falkan. Es tut mir leid, dass ich Ihnen da nicht helfen kann, aber die junge Dame ist gestern Abend schon abgereist."
Die Wirtin des `Spessartblicks´ war hocherfreut über seinen Besuch, Falkan dagegen weniger über ihre Auskunft.
„Können Sie mir vielleicht Ihren Namen nennen?"
„Natalie Wicket. Dem Pass nach war sie Engländerin. Möchten Sie denn etwas essen, Herr Falkan? Vielleicht einen Schweinebraten, so wie früher?"
Die Aussicht auf den wunderbaren Braten, den Sigi und er sich damals bei ihren Aufenthalten im

`Spessartblick´ stets hatten schmecken lassen, versüßte Falkan die Tatsache, dass er zu spät gekommen war.

„Gerne. Haben Sie denn mal mit ihr gesprochen? Hat sie Ihnen vielleicht erzählt, was sie in dieser Gegend wollte?"

„Nein. Sie hat nicht viel geredet. Ich schätze, sie wollte sich mit Bekannten oder Verwandten treffen. Ihr Onkel hat sie dann ja auch gestern Abend abgeholt."

„Ihr Onkel?"

Die Wirtin ließ ein neckisches Lächeln erkennen.

„Hat er wenigstens gesagt. Viel Ähnlichkeit mit seiner Nichte hatte er auf jeden Fall nicht. Eine richtige Bohnenstange. Er hat auch ihre Sachen zusammengepackt und die Rechnung beglichen. Sie hat draußen im Auto gewartet. Ich konnte gar nicht mehr mit ihr reden. Möchten Sie Knödel oder Pommes Frites?"

„Knödel bitte. Hat er mit Karte gezahlt?"

„Nein, bar."

Die nächste Enttäuschung. Eine Kreditkarte hätte vielleicht eine brauchbare Spur hinterlassen.

„War er auch Engländer?"

„Ich glaube nicht. Er hatte einen merkwürdigen Akzent. Von hier war er auf jeden Fall nicht. "

Falkan warf einen Blick aus dem Fenster. Die Sache wurde immer internationaler. Indische Banderolen, englische Damen und Herren, fremdländische Onkel und französische Kennzeichen.

Oder war doch alles ganz anders, nur Zufall?

„Ist der Onkel mit dem Taxi gekommen?"

„Nein, in so einem großen ausländischen Wagen. Es muss auch noch jemand dabei gewesen sein, denn ich habe sie auf dem Rücksitz neben dem Onkel sitzen sehen. Ihr eigenes Auto ist aber auch fort."

„Dann müssen also noch mindestens zwei weitere Onkel dabei gewesen sein", rechnete Falkan nach. Die Wirtin zeigte wieder ihr neckisches Lächeln.
„Sie hat wohl eine große Verwandtschaft, die junge Dame. Was möchten Sie trinken?"
Falkan bestellte ein alkoholfreies Weizenbier und ließ sich auf der Bank neben dem Hoffenster nieder. Er zückte sein Notizbuch und notierte, was er von der Wirtin erfahren hatte. Ob es für irgendetwas gut war, würde sich vielleicht nach einer Begegnung mit Bernd Lohfink zeigen.

Mit über zweihundert schoss der dunkelblaue Maserati Quattroporte über die nächtliche E 60 dahin. Die Autobahn war um diese Zeit so gut wie leer. Der Ferrari war sicherlich schon hundert Kilometer weiter. Wenn alles so blieb, konnten sie noch vor dem ersten Berufsverkehr im Morgengrauen in Saint-Tropez ankommen. Im Licht der Scheinwerfer wies ein Schild auf einen Rastplatz in dreihundert Metern hin.
„Ich muss mal pinkeln."
Der Fahrer, ein fetter Mittsechziger mit schütterem grauem Haar, setzte den Blinker und trat auf die Bremse. Natalie, die mit dem Kopf an der Scheibe vor sich hingedöst hatte, schreckte auf. Ihr ‚Onkel´, legte die Hand auf die Waffe, die auf seinem Schoß lag.
„Brav sein, Madame."
Sie streifte ihn mit einem verächtlichen Blick und sah hinaus in die Nacht.
„Wie habt ihr mich eigentlich gefunden?"
Briganz grinste überheblich.
„Kattarax hängt an seinem schönen Auto. Schon mal was von GPS gehört?"
Der Quattroporte befuhr die Auffahrt zum Rastplatz.

Dunkle Schatten von Bänken und Tischen flogen vorbei. Natalie wirkte unbeteiligt, doch in ihrem Kopf arbeitete es fieberhaft. Der Ärger darüber, dass sie den Ferrari nicht näher in Augenschein genommen hatte, währte nur kurz. Seit Stunden wartete sie auf eine Gelegenheit. Wenn sie diese jetzt nicht nutzte, würden sie wahrscheinlich erst wieder auf dem Quai Jean Jaurês im Hafen anhalten, und dann war es zu spät. An Bord der Mannouche II warteten sie bestimmt schon sehnsüchtig auf sie, besonders Armand Kattarax. Hier, auf dem dunklen Parkplatz, irgendwo in der Bourgogne, hatte sie es nur mit zwei Männern zu tun, von denen einer schon über das Verfallsdatum war und bestimmt hundertzwanzig Kilo wog. Außerdem würde der Fette gleich das Fahrzeug verlassen, um zu pinkeln. Mit der Bohnenstange konnte sie fertig werden. An dem Kerl waren nur Haut und Knochen. Das einzig Beeindruckende an ihm war die Waffe mit Schalldämpfer auf seinem Schoß. Natalie dagegen hatte ein hartes Überlebenstraining hinter sich, dazu den schwarzen Gürtel in mehreren Kampfsportarten.
Der Wagen kam neben dem runden Toilettenhäuschen zum Stehen. Eine altersschwache Laterne beleuchtete den Eingang.
„Bin gleich zurück."
Der Fahrer wälzte sich aus der Tür und schlurfte wie ein vollgefressener Troll auf die Klotür zu. Natalie ließ den Kopf an die Scheibe zurücksinken und schloss die Augen, scheinbar in ihr Schicksal ergeben. Glücklicherweise konnte der Mann, den der Fahrer mit Briganz angeredet hatte, ihren erhöhten Puls nicht hören und ihre auf Flucht gerichteten Gedanken nicht lesen. Sie hatte eine Minute, vielleicht etwas mehr, dann würde der Dicke den Reißverschluss hochziehen

und zurückkommen. Ihre Augenlider öffneten sich wenige Millimeter. Briganz hatte den Blick auf das Toilettenhäuschen gerichtet, seine Hand ruhte immer noch locker auf der Waffe. In der Dunkelheit wirkten seine Umrisse wie die Gestalt aus einem Horrorfilm. Natalies Blick richtete sich auf seinen Hals, ein dürrer Stängel, auf dem ein langer, spitz zulaufender Schädel saß. Unbemerkt spannte sie die Muskeln ihres linken Arms an und verwandelte die Hand in eine flache Schlagwaffe. Jetzt oder nie, es war sinnlos, auf einen besseren Moment zu warten.

Wie ein Klappmesser schnellte ihr Arm zu Seite, die Hand traf die Kehle mit voller Wucht und brachte Briganz zum Erzittern. Der Schmerz und das Gefühl, zu ersticken, ließen seine Gliedmaßen unkontrolliert zucken, sodass Natalie sich mit einem schnellen Griff die Waffe packen konnte. Ohne zu zögern schoss sie. Das Zucken hörte auf und die lange Gestalt sackte in sich zusammen. Natalies Rechte tastete in der Dunkelheit nach dem Türgriff, was sich als knifflig erwies, da sie noch nie auf dem Rücksitz eines Maserati gesessen hatte. Als die Tür endlich aufschwang, bewegte sich etwas beim Klohäuschen. Der Dicke hatte ausgepinkelt. Natalie glitt geduckt vom Rücksitz, die Waffe fest umklammert. Im trüben Licht der Laterne kam der Dicke auf den Wagen zu. Natalie ließ ihm keine Zeit, die Veränderung der Lage zu bemerken. Sie richtete sich auf und schoss. Im Gegenlicht war die breite Gestalt ein gutes Ziel, doch der Dicke zuckte nur kurz und ging, nachdem ihm die Veränderung der Lage schlagartig klar geworden war, überraschend wendig hinter dem Wagen in Deckung. Natalie duckte sich ebenfalls und bewegte sich rückwärts vom Wagen weg, die Augen stets auf die Motorhaube gerichtet. Sie hatte vorhin die Büsche bemerkt, die den Rastplatz begrenzten. Sie war durchtrainiert. Vier, fünf Meter, dann konnte sie aus ihrem Sichtschutz den Platz vor der Toilette übersehen und darauf warten, dass sich der Dicke sehen ließ.

Natalie drehte sich, machte drei Sätze und warf sich ins dunkle Gebüsch. Etwas fuhr ihr scharf übers Gesicht, gleichzeitig fiel ein Schuss. Sie sah sich gehetzt um. Hinter ihr lag ein Feld, etwas entfernt, vielleicht zwanzig, dreißig Meter, ragten schwarze Schatten in den Nachthimmel. Ein Wald.

Vielleicht war es doch keine so gute Idee, sich hier auf dem Rastplatz auf ein Duell mit dem Kerl einzulassen. Sie musste sich erstmal Platz verschaffen, also rannte sie geduckt los durch die Nacht, auf die Bäume zu. Kurz bevor sie das Unterholz verschlucken konnte, erreichte der Fahrer das offene Feld. Das Sternenlicht reiche jedoch nicht für einen gezielten Schuss.

Natalie zählte vier Schüsse, ehe sie die ersten Stämme erreichte und dahinter in Deckung ging. Ein fünfter Schuss klatschte über ihr ins Laubwerk. Vorsichtig schielte sie hinter dem Stamm hervor. Das schummrige Licht der Laterne vor der Klotür machte aus den Büschen kleine schwarze Monster mit Hunderten von Fangarmen, in deren Mitte sich ein größeres Monster mit nur zwei Armen bewegte.

Natalie brachte die Waffe in Anschlag. Sie verfügte nicht nur über beträchtliche Erfahrung im Nahkampf, sie war auch stets eine der Besten auf dem Schießstand gewesen. Nachtschießen war eine ihrer Lieblingsdisziplinen.

Schon der erste Schuss saß. Das Monster fiel ohne einen Laut ins Feld. Natalie wartete eine Weile, ob es sich nochmal regen würde, dann trat sie aus der

Deckung und ging auf den dunklen Hügel zu, der vorhin noch nicht dagewesen war. Der Dicke lag mit dem Gesicht im Acker und rührte sich nicht mehr. Mitleidlos blickte sie auf den Leichnam hinunter. Besser er als ich, dachte sie, nahm seine Waffe auch noch an sich – bei diesen Leuten konnte man gar nicht bewaffnet genug sein – und stieg durch das Gebüsch zurück auf den Rastplatz. Der Quattroporte stand immer noch einsam da, niemand sonst im Osten Frankreichs schien um diese Zeit ein dringendes Bedürfnis zu haben. Briganz lag immer noch mit dem Kopf auf der Rückenlehne des Fahrersitzes.

Natalie beugte sich ins Fahrzeug und tastete nach dem Schlüssel. Er war nicht da.

„Verdammt!"

Sie ging zurück zum Acker. Sicherlich hatte der Dicke ihn eingesteckt. Sie wälzte den Toten auf den Rücken und starrte in die aufgerissenen Augen, während sie seine Taschen durchwühlte und endlich den Schlüssel fand.

Erleichtert, diese etwas kritische Episode ihres Auftrags gut überstanden zu haben, stieg sie wieder in die Büsche, gerade rechtzeitig, um den Maserati davonfahren zu sehen. Scheinbar hatte sich ihr `Onkel´ doch nochmal aufgerappelt und dazu noch über einen Ersatzschlüssel verfügt.

Jetzt stand sie da, irgendwo in Frankreich auf einem Autobahnrastplatz, mitten in der Nacht, mit zwei geladenen Waffen, aber ohne Handy. Sie hatten es ihr abgenommen und, soweit sie es mitbekommen hatte, irgendwo aus dem Fenster geschmissen.

Natalie sah sich um. Drüben, neben dem kleinen Wäldchen, war in einiger Entfernung schwacher Lichtschein über den Feldern. Vielleicht ein Dorf oder ein Bauernhof. Sie konnte natürlich hier warten, bis irgendwann ein Fahrzeug kam und sie mitnahm, aber Warten war nicht ihre Art, und es war fraglich, ob sie überhaupt jemand mitnehmen würde. Wer lud schon bewaffnete Frauen mitten in der Nacht in sein Auto? Also machte sie sich auf den Weg in Richtung Lichtschein. Irgendwas würde sich schon ergeben. Sie brauchte vor allem ein Telefon. Dem Dicken am Boden schenkte sie keine Beachtung mehr.

Mike Grebner hockte hinter dem Steuer des alten VW-Transporters, den sich die ʿFDZʹ GmbH für die Anfangszeit geleistet hatte und behielt abwechselnd den Sprinter auf dem Parkplatz drei Autos weiter vorne und die Fenster im dritten Stock des Wohnblocks im Auge. Eines davon musste zu Lohfinks Wohnung gehören.

Es war bereits der dritte Abend, den er in der Dämmerung hier an der Ecke der Königsberger wartete. Da die ganze Angelegenheit ja irgendwie auf seinem Mist gewachsen war, hatte er sich bereit erklärt, seine Abende eine Zeitlang mit der Observation seines Verdächtigen zu verbringen. Außerdem brachte ihm diese abendliche Beschäftigung das alte Gefühl von Abenteuer und Gefahr zurück, welches er immer empfunden hatte, wenn er für die Detektei Falkan dem Verbrechen auf der Spur gewesen war. Lohfinks Transporter war stets zwischen elf und zwölf in der Nacht in der Lagerhausstraße aufgetaucht. Daher hatte sich Mike diese Uhrzeit als Ende der Spätschicht gesetzt.

Mike sah auf die Uhr. Noch zwei Stunden bis Feierabend. Melinda hatte schon am Montag, als er das erste Mal nach Mitternacht heimgekommen war, mit beredtem Schweigen ihre Meinung über die nächtliche

Aktion zum Ausdruck gebracht. Mike gab sich noch drei, höchstens vier Abende, dann würde er Falkan bitten, zu übernehmen, zumindest so lange, bis Melinda sich wieder beruhigt hatte.

Er hatte die Hand in der Chipstüte neben sich, als die mittlere Haustür geöffnet wurde und ein Mann, auf den Falkans Beschreibung von Lohfink passte, im Licht der vom Bewegungsmelder entfachten Lampe heraustrat. Mike selbst hatte Lohfink bei seinen Aktivitäten gegenüber dem Büro nie gesehen.

Er verfolgte den Weg des Mannes und registrierte erleichtert, dass er sich dem Sprinter näherte und diesen bestieg. Mikes Jagdtrieb erwachte gemeinsam mit dem Motor seines Transporters. Er wandte den Kopf in die andere Richtung, als Lohfink wendete und an ihm vorbei in Richtung Kreisel davon fuhr. Es war nicht Mikes erste Verfolgungsfahrt, und er hielt sich in dieser Disziplin für sehr gut. Er ließ immer genug Abstand, wurde mal langsamer, mal schneller, behielt jedoch stets das Fahrzeug vor sich im Auge.

Lohfink verließ Meerholz in Richtung Niedermittlau und hielt fünf Minuten später vor einem Haus in der Niedermittlauer Bahnhofssiedlung. Nachdem er zweimal gehupt hatte, kam ein Mann aus dem Haus und bestieg den Beifahrersitz des Sprinters, der daraufhin seinen Weg fortsetzte. Es war dunkel und die Gefahr einer Entdeckung war gering. Ohne die Rücklichter des Sprinters aus den Augen zu lassen, gab Mike der Freisprechanlage den Befehl, seinen Chef anzurufen.

„Kurt, es tut sich was. Der Transporter ist mit zwei Mann unterwegs. Scheinbar gibt es wieder etwas abzuholen."

„Wo bist du?"

„Zwischen Niedermittlau und Bernbach."

„Wenn sie nicht über die Autobahn unterwegs sind, liegt ihr Ziel sicher in der Nähe. Sag Bescheid, wenn sie halten."

„Mach' ich, bis bald."

Als sie an der Ampel, wo sich die L 3269 und die Birkenhainer Straße kreuzten, ankamen, blinkte Lohfink nach links und fuhr bei Grün nach Bernbach hinein. Mike folgte und verringerte die Geschwindigkeit, um nicht zu nahe zu kommen. Fünf Minuten später war Lohfinks Ziel klar. Der Transporter bog an der Trattoria Aubergine zum Gewerbepark Birkenhain ab. Bis auf die hell erleuchtete Gaststätte und die Straßenbeleuchtung lag der Rest des Parks im Dunkeln. Alle Unternehmen hatten bereits geschlossen. Sicherlich würde Lohfink misstrauisch werden, wenn ihm ein Fahrzeug über die unbelebte Straße folgte. Mike stellte den VW neben dem Eingang zur Trattoria an den Straßenrand und lief über die Fahrbahn dem Transporter hinterher, der bereits vorne um die Kurve war. Das Gelände war nicht so groß, dass er ihn nicht wiederfinden würde.

Mike lief an den Metallzäunen entlang, bis die Straße nach rechts abbog. Weiter hinten strich gerade Scheinwerferlicht über eine Hauswand und erlosch nach einigen Sekunden. Scheinbar hatte Lohfink irgendwo rückwärts eingeparkt. Mike lief bis zu der Stelle und ging hinter einem alten Bundeswehr VW-Bus in Deckung. Leise Stimmen drangen durch die Nacht. Er schielte um die Ecke und sah, wie sich hinter einem aufgeschobenen Hoftor gerade ein Hallentor schloss. Irgendwie erinnerte ihn das an das nächtliche Treiben unter seinem Bürofenster.

Er griff zum Telefon und erstattete Falkan flüsternd Bericht.

„Nichts unternehmen, Mike", ordnete Falkan an. „Wir sehen uns das morgen mal im Hellen an."
„In Ordnung, Chef, aber ich warte noch, bis sie wieder wegfahren. Vielleicht kann ich ja durch das geöffnete Tor einen Blick auf den Grund für die Geheimniskrämerei werfen."
Es dauerte dann auch nicht lange, eine Viertelstunde, wie in der Garage in der Lagerhausstraße, dann öffnete sich das Tor wieder und entließ Lohfinks Sprinter. Mike ging hinter dem Bundeswehrbus in Deckung, bis Lohfink vorbei war, dann schlich er zum Hoftor und entdeckte im Eingang zur Lagerhalle eine bullige Gestalt, die ihn an den Kerl erinnerte, der auch in der Lagerhausstraße den Portier für Lohfink gespielt hatte. Mike konnte nur noch einen Blick auf gestapelte Kisten erhaschen, dann krachte das Tor ins Schloss. Mike dachte kurz darüber nach, den Befehl seines Chefs zu missachten und sich die Halle etwas näher anzusehen, doch die Vernunft siegte. Außerdem wartete Melinda sicherlich schon auf ihn.

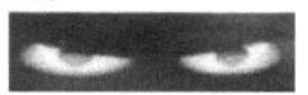

Kapitel 5

Kurt Falkan hockte in der Gartenhütte auf der alten Holzkiste, in der sie beim Umzug vor Jahren das Geschirr von Frankfurt ins Linsengericht gekarrt hatten, hatte das Kinn in die Hände gestützt und starrte versonnen auf seinen Hasenstall. Eigentlich hatte er die Zucht nach dem natürlichen Tod seines großen Schwarzen einstellen wollen, doch mittlerweile tummelten sich wieder neun Wollknäuel in drei Käfigen. Falkan mochte nun mal Hasenbraten, daher brauchte er unbedingt jemanden, der den Burschen das Fell über die Ohren zog. Er selbst fühlte sich dazu nicht in der Lage. Das Rufen seines Namens erlöste ihn von seinen grüblerischen Gedanken.

„Bin in der Hütte!"

Kurz darauf trat Friedrichsen durch die Tür und sah Falkan, seine Hasen betrachtend, auf der Kiste sitzen. In der Hand hielt er einen Umschlag.

„Was gibt's denn im Fernsehen?"

„Was mach' ich nur mit meinen Karnickeln, Teil 3."

Friedrichsen grinste.

„Kenn' ich nicht, nie gesehen."

„Du kennst doch bestimmt genug harte Jungs. Fällt dir vielleicht einer ein, der gut mit dem Messer umgehen kann und skrupellos genug ist, sich an solchen flauschigen Burschen zu vergreifen?"

„Ich hab' dir doch gesagt, im Kaufland gibt's tiefgefrorenes Hasenfleisch. Da brauchst du kein schlechtes Gewissen zu haben und musst auch keinen Killer engagieren. Apropos Killer. Kennst du einen Charles Briganz?"

Falkan löste das Kinn von seinen Fäusten und blickte Friedrichsen interessiert an. Es schien kriminalistisch zu werden.

„Nein. Sollte ich?"

„Er scheint dich zumindest gekannt zu haben."

„Gekannt?"

Die Vergangenheitsform klang in Falkans geübten Kriminalistenohren nach vorzeitigem Ableben.

„Er ist bei einem Unfall auf der Autobahn in der Nähe von Besancon ums Leben gekommen."

Falkan zuckte mit den Schultern.

„Und was habe ich damit zu tun?"

„Man hat eine deiner Visitenkarten bei ihm gefunden. Deswegen haben die französischen Kollegen eine Anfrage zu deiner Person an uns gerichtet."

Falkan ließ sich den Namen nochmal intensiver durch den Kopf gehen, aber es klingelte nichts.

„Ziemlich viel Aufwand wegen einem Verkehrsunfall, oder?"

„Ach ja, hab' ich vergessen zu erwähnen. Er hatte außerdem eine Kugel im Bauch. Wenn er nicht in die Leitplanke geknallte wäre, hätte der Blutverlust ihn spätestens eine Stunde später erledigt."

„Ich kenne ihn trotzdem nicht. Wie hat er denn ausgesehen?"

Friedrichsen zog ein großformatiges Foto aus dem Umschlag und hielt es Falkan hin. Der Mann darauf war eindeutig tot. Sein langer Schädel wirkte abstoßend. Falkan nahm das Bild und betrachtete das tote Gesicht mit den geschlossenen Augen. Er wünschte, er hätte ein besseres Gedächtnis. Irgendwie sagte ihm dieses Gesicht etwas, aber das Glöckchen in seinem Kopf klingelte immer noch nicht.

„Na?"

Falkan schüttelte den Kopf.

„Kann sein, dass ich ihm schon mal begegnet bin,

aber…“, Falkan tippte sich an die Schläfe und verdrehte die Augen, „…du weißt ja, mein Gedächtnis, und es wird mit dem Alter nicht besser.“

Friedrichsen zog ein weiteres Foto aus dem Umschlag.

„Und der hier? Laut Ausweis heißt er Peter Fichtner.“

Das Bild zeigte einen Mann, etwa in Falkans Alter, mit einer Visage wie ein Preisboxer.

„Keine Ahnung. War der bei dem Unfall dabei?“

„Nicht direkt. Man hat ihn ein paar Kilometer weiter hinten in der Nähe eines Rastplatzes auf dem Feld gefunden. Erschossen. Aber den Fingerabdrücken nach dürfte er den Unfallwagen ebenfalls gefahren haben. Scheinbar hatten die zwei auf dem Rastplatz mit irgendwem eine Auseinandersetzung, die für beide tödlich ausging.“

„Sind die beiden Polizeibekannt?“

„Nee, nichts. Das Merkwürdige ist, dass man weder bei dem Toten im Feld noch bei Briganz eine Waffe gefunden hat. Es wurde jedoch eindeutig aus zwei Waffen geschossen.“

„Vielleicht hat dieser Briganz seine Waffe unterwegs rausgeschmissen.“

Friedrichsen nickte.

„Die Kollegen sind schon auf der Suche.“

Falkan reichte Friedrichsen das Foto.

„Na ja, ist nicht mein Bier. Ich muss jetzt erstmal jemanden finden, der dafür sorgt, dass mein Hasenstall nicht aus den Nähten platzt.“

„Behalt’ es.“ Friedrichsen gab Falkan das andere Bild noch dazu. „Vielleicht fällt dir ja doch noch ein, ob dir die Kerle irgendwann mal über den Weg gelaufen sind. Irgendwie müssen sie ja an deine Visitenkarte gekommen sein. Mach’s gut, Kurt.“

Als Falkan wieder alleine war, richtete er den Blick

wieder auf die Hasen, schwenkte jedoch nach kurzem zu den Bildern in seiner Hand. Der Grauhaarige sagte ihm absolut nichts, aber der Dürre. Wenn er dem Kerl seine Visitenkarte gegeben hatte, müssten sie sich doch mit Sicherheit gegenübergestanden haben. Wo war ihm dieses Gesicht nur begegnet? Erneut bedauerte Falkan sein schlechtes Gedächtnis. Sein Freund Walter Matschureit würde sich bestimmt erinnern, aber die Begegnung, wenn sie denn stattgefunden hatte, war noch nicht so lange her, das hatte Falkan im Gefühl. Sie hatte nicht in seiner und Matschureits aktiver Dienstzeit stattgefunden, Walter würde ihm also nicht helfen können.

Eine Viertelstunde grübelte er noch, dann erhob er sich, ging ins Haus und befestigte die Bilder mit Tesafilm auf der Tapetenbahn des Falles `Junge Frau im roten Ferrari´, wenn die beiden auch nichts damit zu tun hatten. Er wollte nur, dass ihm die Gesichter so oft wie möglich begegneten. Danach rief er Mike an und verabredete sich für den Nachmittag mit ihm, um Lohfelds Fahrtziel von gestern Nacht einen Besuch abzustatten.

„Sieht ziemlich unbelebt aus."
Durch die Wasserschlieren auf der Frontscheibe beobachteten Falkan und Mike das Gebäude ohne Firmenlogo oder Werbeschilder. Alle anderen Betriebe in der Straße wiesen mit bunten Tafeln auf die Art ihrer Tätigkeit oder ihren Namen hin. Der VW-Transporter parkte etwas oberhalb der Toreinfahrt. Es regnete in Strömen.
„Wie bei der Garage bei uns gegenüber. Das war ja der Grund, warum ich die Sache überhaupt angestoßen habe. Tagsüber tote Hose, nachts high-life. So

funktioniert normalerweise kein gewinnbringendes Unternehmen."

„Kommt auf die Branche an." Falkan wischte mit der flachen Hand den Nebel von der Windschutzscheibe vor sich. „Aus meiner Frankfurter Zeit kenne ich einige Leute, die nur nachts gearbeitet haben."

„Und das waren sicherlich keine Guten, genau wie die da drüben."

„Noch wissen wir nichts Näheres", gab Falkan zu bedenken, obwohl ihm nichts lieber gewesen wäre, als wenn jetzt jemand von dem Grundstück das Feuer auf sie eröffnen würde.

„Warum so negativ, Kurt? Du bist doch normalerweise der, der aus den unauffälligsten Kleinigkeiten einen Fall macht. Und meistens hast du damit recht gehabt. Ich geh' mal rüber."

Bevor Falkan ein Grund einfiel, ihm das auszureden, war Mike durch den Regen am Tor angelangt. Es war erwartungsgemäß verschlossen, was zwar für ein Firmengelände normal war, für Mike jedoch ein weiteres Indiz, dass jemand nicht wollte, dass man ihm in die Karten schaute. Mike lief am Zaun entlang zu der schmalen Gasse, die zwischen zwei Grundstücken zur Rückseite des Gebäudes führte. Ein paar blaue Tonnen, die unter einer langen, schmalen Fensterreihe an der Wand standen, lockten Mike nach einem kurzen Rundumblick über das Metallgitter des Zauns, wobei ihm seine sportliche Figur zugutekam. Mit zwei Sätzen war er an der Wand und erklomm eine der Tonnen. Er musste sich trotz seiner fast zwei Meter strecken, um durch die schmutzigen Scheiben sehen zu können. Seine Augen brauchten eine Weile, um sich an das Halbdunkel in der Lagerhalle zu gewöhnen, doch nachdem sie es getan hatten, machte sich Enttäuschung in ihm breit. Das Einzige, was er erkannte, waren an der einen Wand die gleichen Kisten, die er schon gestern Nacht, kurz bevor das Tor sich geschlossen hatte, gesehen hatte. Keine Regale mit Diebesgut, keine Säcke mit pulvrigen Substanzen, keine Bündel mit Falschgeld. Nur ein paar unscheinbare Kisten. Allerdings wäre es interessant zu erfahren, was sie enthielten.

Mike hüpfte von der Tonne und sah nach oben. Hinter den Fenstern waren sicherlich Büros, doch es führte keine Außentreppe nach oben. Die Metalltür in der Ecke war natürlich verschlossen. Er ging um das Haus herum zum großen Tor. Durch den Regen sah er Falkan im Auto heftig gestikulieren und mit den Fingern herüberdeuten. Zum Zeichen, dass er nicht verstand, warf Mike die Arme in die Luft, woraufhin Falkan seinen trockenen Sitz verließ und durch den immer stärker werdenden Regen zum Zaun kam. Sein Blick war merkwürdigerweise auf den Boden gerichtet.

„Kameras!", rief er durch das Prasseln des Regens und deutete zum Dach hinauf. Mike senkte automatisch den Kopf, doch wenn die Geräte aktiv waren, hatten sie ihn und vielleicht auch sein Gesicht sicherlich schon auf Festplatte. Daher konnte es auch nicht mehr schaden, wenn er ein bisschen an den Vordertüren ruckelte, doch weder die Seitentür noch das große Rolltor bewegten sich. Was hatte er eigentlich erwartet?

Unbefriedigt von seinem heutigen Außeneinsatz für die Detektei Falkan kletterte er hinterm Haus wieder über den Zaun und flüchtete vor den Wassermassen ins Führerhaus seines Firmenwagens.

„Das war ja nicht besonders ergiebig", sagte er und wischte sich das Wasser vom Gesicht.

„Für uns nicht, aber vielleicht für die anderen", unkte

Falkan. „Wenn da tatsächlich etwas Verbotenes vor sich geht, interessieren die sich bestimmt dafür, wer sich für sie interessiert. Wir sollten in nächster Zeit die Augen offenhalten."

„Tun wir das nicht immer?"

Mike startete den Motor und wendete den Transporter.

„Ich werde nochmal diesen Meier besuchen. Vielleicht gehört dieses Grundstück ja auch zu den Immobilien, die er anbietet. Aber ehrlich gesagt, verspreche ich mir nicht mehr allzu viel davon. Ich schätze, diesmal führen all die kleinen Nebensächlichkeiten ins Nichts. Die Einzige, die vielleicht etwas Erhellendes zu der ganzen Geschichte, wenn es überhaupt eine gibt, beitragen könnte, ist mit unbekanntem Ziel abgereist." Falkan lehnte sich im Sitz zurück und seufzte. „Und mein anderer Klient hat sich ebenfalls in Luft aufgelöst. Es ist gerade so, als wollte mich das Schicksal mit kniffligen Fällen anfüttern, nur um mich dann am ausgestreckten Arm verhungern zu lassen."

Langsam rollte der Transporter die Straße hinunter. Keiner der beiden Insassen hatte die Bewegung hinter dem Fenster im ersten Stock bemerkt und die Blicke, die ihnen folgten.

Mehr aus kriminalistischer Hoffnungslosigkeit als aus ermittlungstechnischen Gründen stand Falkan eine Stunde später im offenstehenden Hoftürchen des alten Arnoldhauses. Der Regen hatte aufgehört. Es war nun schon drei Wochen her, seit Jens Falkenberg ihm den Auftrag erteilt hatte, sich um die Vergangenheit des von ihm erworbenen Gebäudes zu kümmern. Da weder die Gemeindeverwaltung noch die Leute, die er über das Haus befragt hatte, etwas darüber wussten – außer, dass es seit Jahrzehnten leer stand – und sich auch

Falkenberg nicht mehr gemeldet hatte, waren die Ermittlungen der Detektei Falkan irgendwie stillschweigend zum Erliegen gekommen.

Da nun auch dem Fall ‘junge Frau im roten Ferrari´ allmählich die Luft ausging, erklomm Falkan die Stufen zur Haustür in der Hoffnung, sie möge auf sein Klopfen hin geöffnet werden, was jedoch nicht geschah, auch nicht nach ein paar Minuten.

Aus Angst, dass das Schicksal am Ende doch gewinnen könnte, drückte er die Klinke. Das Schloss sprang auf. Mit den Fingern gab er der Tür einen Stubbs und betrat den kleinen Vorbau, wie er bei alten Häusern früher üblich war. Hinter der Tür gegenüber lag sicherlich die Toilette des Hauses. Durch eine weitere Holztür gelangte Falkan in einen dunklen Gang. Der modrige Geruch erinnerte ihn an das verlassene Haus am Stadtweg, in dem er vor Jahren ermittelt hatte. Damals hatte er dort einen Toten gefunden. Er hoffte, dass nicht auch Falkenberg in einem der Zimmer in einer Blutlache am Boden lag. Das wäre aber immerhin eine Erklärung, warum er sich nicht mehr gemeldet hatte.

„Hallo!“

Keine Antwort, nur ein leises Kratzen über seinem Kopf. Eine alte Holztreppe führte in den ersten Stock. Falkan folgte dem leisen Geräusch die Stufen hinauf. Das Knirschen unter seinen Füßen verlieh seinem Besuch in dem alten Gebäude etwas Gespenstisches. Als er in der Mitte der Treppe ankam, wurde aus dem Kratzen ein schnelles Trippeln, kurz darauf flog etwas Weißes auf ihn zu und schoss unten durch die geöffnete Tür nach draußen. Trotz seines jahrzehntelangen Umgangs mit Schwerverbrechern machte Falkans Herz einen erschrockenen Hopser. Eine unerwartete Begegnung mit einer rasenden Katze in einem leeren, totenstillen Haus konnte den Puls schon für eine Sekunde nach oben treiben.

Obwohl das Geheimnis des kratzenden Geräuschs nun gelöst war, stieg Falkan weiter die Treppe hinauf. Falkenberg hatte gesagt, er und seine Frau hätten dort oben mit Aufräumen angefangen. Falkan war neugierig, wie weit sie inzwischen gekommen waren, obwohl sie scheinbar nie anwesend waren.

Es gab nur drei Zimmer im ersten Stock, und nach einem kleinen Rundgang stand für Falkan fest, dass es mit der Ordnungsliebe der Falkenbergs nicht weit her sein konnte. Im trüben Licht, das durch die fast blinden Fenster hereinfiel, war auf dem Boden eine dicke Staubschicht zu sehen, die schon so einige weltpolitische Großereignisse gesehen haben musste. Den wenigen Fußspuren nach hatte sich in letzter Zeit nur eine Person hier aufgehalten, und das nicht sonderlich betriebsam. Das Bücherregal, von dem ihm Falkenberg erzählt hatte und das durchwühlt worden sein sollte, bestand aus zwei Büchern, eine uralte Ausgabe von Winnetou I und ein zerfledderter Weltatlas. Da gab es nicht viel zum Durchwühlen.

Grübelnd stieg Falkan wieder die Treppe hinab, um die Räume des Erdgeschosses zu besichtigen, doch auch hier nur Staub und Vergangenheit. Nirgendwo ein Anzeichen, dass in letzter Zeit jemand mit dem Wischlumpen zugange gewesen wäre.

Falkan ging hinaus und zog die Haustür wieder hinter sich zu. Eine Weile blieb er noch auf der Treppe stehen und dachte an seine erste und einzige Begegnung mit Jens Falkenberg und an den Auftrag, den dieser ihm erteilt hatte. In dem Haus lagen Dinge, die da seiner Meinung nach nicht liegen durften, und Dinge, die in der Scheune an einem bestimmten Platz hingen, hingen plötzlich woanders, und er, Falkan, sollte herausfinden, warum das so war.

Im Nachhinein, so fand Falkan und schritt gemächlich zum Hoftürchen, klang das ziemlich schräg. Vermutlich, nein, sogar wahrscheinlich, hatte er den Auftrag nur angenommen, weil er wiedermal auf dem kriminaltechnischen Trockenen gesessen und etwas zum Schnüffeln gebraucht hatte. Wenn er ehrlich war, hatte er sich aus dem gleichen Grund auch wenig später auf Mikes Spukgeschichten mit der mysteriösen Garage und den nächtlichen Transporten gestürzt.

Beides waren, genau genommen, keine konkreten Fälle mit einem bestimmten Verdachtsfall oder gar einem Verdächtigen, sondern nur Ahnungen von, in Mikes Fall, einem jungen Mann, der gerne Privatdetektiv wäre, und bei Falkenberg von einem Falkan völlig Unbekannten, der mit den unendlichen Weiten des Weltraums und mit kleinen grünen Männchen zu tun hatte.

In trüber Stimmung und dem Wissen, wohl wieder arbeitslos zu sein, schlenderte er langsam durch das Dorf nach Hause. Als er bei dem kleinen Laden von ʼAlex backt'sʼ vorbeikam, nahm Ulla Liehm gerade den Lottoständer vom Gehsteig. Sie hatte früher den Laden geführt, den ihre Mutter vor Jahrzehnten aufgemacht hatte, und stand heute nur noch hin und wieder hinter der Theke.

„Hallo Ulla, Feierabend?"

„Grüß dich, Kurt. Ja, die Brötchen sind alle und die letzte Bildzeitung ist auch weg. Feierabend."

Sie zog das schwere Eisengitter, das nach einem Einbruch vor Jahren als Schutz der Eingangstür diente, zu. Falkan erinnerte sich, dass in dem kleinen Laden seit etlichen Jahren Tratsch und Klatsch aus allen vier

Himmelsrichtungen zusammenliefen. Möglicherweise auch aus Richtung des alten Arnoldhauses, und ausgerechnet hier hatte er seine Fühler noch nicht ausgestreckt.

„Sag' mal, du kennst doch sicherlich das leerstehende Arnoldhaus vorne im Dorf?"

„Klar. Da wohnt schon keiner mehr, solange ich denken kann", antwortete sie durch die Gitterstäbe. „Willst du es etwa kaufen?"

„Kaum, aber jemand hat es gekauft. Ein Mensch namens Falkenberg. Weißt du zufällig, ob so einer schon mal hier war?"

Es war wieder einer von Falkans Strohhalmen, nach denen er griff, wenn sonst nichts mehr ging. Ulla Liehm lachte.

„Der Astronaut? Oh ja, an den erinnere ich mich allerdings. Ich hab' aber nicht gewusst, dass der dort eingezogen ist."

Treffer, dachte Falkan erfreut.

„Ist er scheinbar auch nicht. Astronaut?"

„Er war vor ein paar Wochen hier und hat nach einer bestimmten Zeitschrift gefragt. Sterne und Weltraum. Die haben wir natürlich nicht im Angebot, es wohnen ja so wenige Astronauten in Altenhaßlau." Sie lachte. „Er hat mir dann eine halbe Stunde lang erklärt, dass er bei der ESA in Darmstadt arbeitet, jetzt hergezogen ist und sich eine kleine private Sternwarte einrichten will. Deswegen ist er mir als Astronaut in Erinnerung geblieben. Und der Name Falkenberg ist ja auch nicht so weit verbreitet." Sie deutete hinter sich auf die Regale mit den Zeitschriften. „Das Heft kommt einmal im Monat, ich hab's bestellt, jetzt liegen dort zwei Exemplare, und er hat keins davon abgeholt."

„Ich habe mit ihm das gleiche Problem. Er hat mich für

Nachforschungen über das Haus engagiert, und seitdem habe ich ihn nicht mehr gesehen. Ob ich wohl eine der Zeitschriften kaufen kann?"

„Klar. Wenn er doch noch kommt, hat er eben Pech gehabt."

Sie griff sich eine der Zeitschriften und reichte sie Falkan durch die Gitterstäbe. Falkan warf einen kurzen Blick darauf und zückte sein Portemonnaie.

„Zehn Euro. Nicht schlecht. Da muss man schon Astronaut sein, um sich das leisten zu können." Falkan schob einen Zehner durch die Eisentür. „Und sag' mir bitte Bescheid, falls er doch noch auftaucht."

Mit der Zeitschrift in der Hand setzte Falkan seinen Heimweg fort. Nun hatte er immerhin etwas, das ihn in gewissem Sinne mit seinem untergetauchten Klienten verband, wenn es wahrscheinlich auch keinen praktischen Nutzen hatte.

Zuhause angekommen, warf Falkan die Zeitschrift achtlos auf den Küchentisch und nahm die Wurstbüchse aus dem Kühlschrank. Instinktiv hopste Fritz aus seinem Körbchen und kam angedackelt.

„Deine Nase möchte ich haben", scherzte Falkan und streichelte seinem Dackel über den rauhaarigen Rücken. Dann machte er sich eine Wurstplatte zurecht, tat Fritz' Anteil in sein Schälchen und ging ins Wohnzimmer. Auch für ihn war jetzt Feierabend. Falkan wollte nicht mehr über nicht existierende Fälle und verschwundene Klienten nachdenken, sondern nur noch vor der Glotze eine Flasche Roten aufmachen und dann in die fiktive Welt der Fernsehkommissare eintauchen, die sich, im Gegensatz zu ihm, nicht über fehlende Arbeit beklagen konnten. Er warf sich in den Sessel und griff sich das Fernsehprogramm.

Es war Donnerstag, die Kanäle waren überfüllt mit Krimis jeglicher Schattierung. Deutsche, amerikanische, schwedische. Die Auswahl fiel schwer. Am Ende schwankte er zwischen einem alten Tatort im MDR und einer Neuproduktion im Ersten, einem Krimi, der in Portugal spielte. Oder vielleicht doch ganz was anderes? Irgendwo hatte er doch einen Uraltschinken mit Oliver Hardy und Stan Laurel entdeckt, etwas Lustiges zum Ablenken. Er blätterte und fand den Film auf RTL Nitro. Die Wüstensöhne, ein Film aus den Anfangszeiten des Tonfilms. Auf Falkans Gesicht erschien ein melancholisches Lächeln. Den hatten er und Sigi vor Jahrzehnten mal in einem kleinen Frankfurter Kino gesehen, da waren sie noch nicht verheiratet. Sollte er sich das wirklich antun? Der Film war lustig, aber wie er sich kannte, würde er ihn sicherlich traurig machen. Kurzerhand entschied er sich für den alten Tatort. Da wusste man, was man hatte.
Falkan legte die Programmzeitschrift beiseite, griff zur Wurstplatte und knipste den Fernseher an. Bis zum Tatort war es noch eine Weile hin, und im Zweiten liefen Nachrichten.
Während die Bilder von Tot und Zerstörung in der Welt – nicht gerade die ideale Ablenkung – über den Bildschirm flimmerten, gingen ihm die lachenden Gesichter von Dick und Doof nicht aus dem Kopf. Vielleicht sollte er sich doch mal etwas nicht Kriminalistisches gönnen. Er griff nochmal zur Zeitschrift und schlug die Seite mit dem Programm von RTL Nitro auf. Das Bild neben der Filmbeschreibung versprach einen unbeschwerten Fernsehabend. Da waren sie, die beiden. Dick und Doof. Beide grinsten in die Kamera, Stan etwas breiter als Olli, um die Hälse hingen Girlanden und in den Händen hielt jeder eine

Ananas. Auch damals war die Welt nicht in Ordnung gewesen, aber die Unterhaltungsindustrie in ihren Kinderschuhen versuchte immerhin, sie mit ihren lustigen Streifen etwas zu versüßen. Falkan entschied sich kurzerhand um und beschloss, sie sich heute Abend auch etwas versüßen lassen, ohne Mord und Totschlag, auch wenn der Film die Erinnerung an das kleine Kino in Frankfurt erwecken würde.

Er wollte gerade das Programm auf den Tisch zurücklegen, als das kleine Glöckchen in seinem Kopf sich lautstark meldete. Der Anblick von Stan und Olli hatte es zum Läuten gebracht, indem sie ihn an ihre beiden dänischen Kollegen erinnert hatten, die um dieselbe Zeit über die Leinwände geflimmert waren.

Pat und Patachon.

Falkan ließ Fernsehprogramm Fernsehprogramm sein, ging hinüber ins Arbeitszimmer und nahm das Bild des dürren Toten aus Frankreich, das ihm Friedrichsen präsentiert hatte, von der Tapetenbahn. Er wusste jetzt, wo er dieses Gesicht schon mal gesehen hatte. Es war erst fünf Tage her, das Gedächtnis wurde einfach nicht besser, aber jetzt sah er es klar vor Augen.

Die beiden Männer, die ihm auf der Siesmayerstraße entgegengekommen waren, als er die Wohnung von Hans-Werner Gambinsky verlassen hatte. Ein langer Dünner und ein kleiner Dicker, Pat und Patachon. Pat war der Tote auf dem einen Foto, aber der Mann auf dem zweiten war nicht Patachon. Er war zu alt und zu fett.

Falkan ging mit dem Foto zurück ins Wohnzimmer, setzte sein unterbrochenes Abendessen fort und versuchte, sich über die Zusammenhänge klar zu werden.

Die Spur hatte ihn von der Garage gegenüber Mikes

Firma über Meier Consulting zu Gambinsky nach Frankfurt geführt. Dort war ihm Pat, oder, wie Friedrichsen ihn genannt hatte, Charles Briganz über den Weg gelaufen. Und jetzt war eben dieser Briganz erschossen auf einer Autobahn in Frankreich gefunden worden, in der Tasche die Visitenkarte der Detektei Falkan.

Falkan sah nur eine Möglichkeit, wo er die herhaben konnte. Er war dem Mann ein einziges Mal begegnet, und das war, als er ein Haus betreten hatte, in dem Falkan kurz vorher einer leicht angeheiterten Frau seine Karte überreicht hatte. Blieb die Frage, ob sie Briganz die Karte freiwillig gegeben oder ob er sie an sich genommen hatte, nachdem es unangenehm geworden war.

Es juckte Falkan in den Fingern, zum Bahnhof zu radeln und Gambinskys Wohnung einen zweiten Besuch abzustatten, doch es war schon Abend und auf Nachtschicht hatte er heute keine Lust. So verschob er die Fahrt schweren Herzens auf morgen früh und verbrachte den Abend mit Dick und Doof und der wachsenden Gewissheit, dass an Mikes Ahnungen doch mehr dran war als gedacht.

Kapitel 6

Mitten in der Nacht wachte Falkan aus einem unruhigen Schlaf auf. Das Rätsel um den langen Kerl hatte ihn bis in seine Träume verfolgt. Der Traum war zum großen Teil in schwarz-weiß gewesen, mittendrin irgendetwas Knallrotes und überall durcheinandergeworfene Stangen, wie riesige Zahnstocher oder Schaschlikspieße ohne Fleisch dran. Zusammengewachsene Figuren bewegten sich dazwischen wie Clowns. Eine Weile lag Falkan wach und versuchte, den Traum für morgen festzuhalten, doch wie es mit Träumen so war, verblasste die Erinnerung allmählich, ohne dass man etwas dagegen tun konnte.

Am nächsten Morgen erinnerte er sich nur noch an herumfliegende Stangen und schwarz-weiße Clowns. Falkan schwang die Beine aus dem Bett und versuchte mit herunterhängendem Denkerhaupt, die Reste des Traums zu analysieren. Die Clowns waren wahrscheinlich noch von den Wüstensöhnen gestern Abend übrig, aber was die Stangen sollten, erschloss sich ihm erst, als er zwei Stunden später in den Keller stieg und das Vorratsregal nach etwas Essbarem fürs Mittagessen zu durchforsten. Sein Blick blieb an einer Büchse Erasco-Bohnensuppe für den Notfall hängen.

Wie stets, wenn ihn in aussichtslosen Situationen eine Idee ansprang, packte ihn die Ungeduld. Er verschob die Gedanken ans Mittagessen auf später und machte sich auf den Weg. Eine Viertelstunde später betrat er den Schankraum des `Spessartblicks´ in Großenhausen. „Ja, das ist der Onkel", sagte die Wirtin, als Falkan ihr das Bild von Briganz vorhielt. „Er sieht irgendwie nicht so frisch aus. Ist er tot?"

Die Stangen im Traum und die Bohnensuppe im Keller hatten Falkan daran erinnert, wie die Wirtin des `Spessartblicks´ den Onkel beschrieben hatte. Eine lange, dünne Bohnenstange.

„Ja, ist er. Man hat ihn am Tag, nachdem er seine Nichte bei Ihnen abgeholt hat, erschossen in Frankreich gefunden."

Sie hielt sich erschrocken die Hand vor den Mund.

„Ach Gott, ist ja schrecklich, und noch vor ein paar Tagen habe ich mit dem Menschen gesprochen. Weiß man denn wer's war? Die Nichte etwa? Das Mädchen hat so einen harmlosen Eindruck gemacht."

„Tja, stille Wasser sind tief."

Falkan faltete das Bild wieder zusammen.

„Wie wär's mit einem Schweinsbraten, oder vielleicht ein Zigeunerschnitzel?"

Falkan wehrte ab.

„Nein danke, ich habe zuhause…", ihm fiel ein, dass ihn der Gedanke an Bohnenstangen vorhin bei der Nahrungssuche unterbrochen hatte. „Ach, wissen Sie was? Machen Sie mir ein Jägerschnitzel mit ordentlich Zwiebeln drauf. Und einen Apfelsaft."

Am frühen Nachmittag stieg Falkan aus der S3 und schlenderte gemütlich, aber auch nicht zu langsam, da die Neugierde ihn immer noch fest am Schlafittchen hatte, durch sein altes Revier in Richtung Siesmayerstraße. Er hoffte, dass Gambinskys letzte Liebschaft noch im Haus war.

Mehrmaliges Klingeln deutet kurz darauf eher auf das Gegenteil hin. Er versuchte es ein Stockwerk tiefer, dann noch eins. Endlich meldete sich eine Stimme im Lautsprecher.

„Ja?"

Dies war wieder einer jener Momente, in denen Falkan seinen alten Dienstausweis vermisste. Damals genügte das kleine Wort `Polizei´, um Türen zu öffnen, heute musste er immer erst Erklärungen abgeben oder sich Ausreden einfallen lassen.

„Entschuldigen Sie die Störung, mein Name ist Falkan. Ich wollte zu Gambinsky im obersten Stock, aber da macht keiner auf. Wissen Sie vielleicht, ob Herr Gambinsky verreist ist?"

„Gambinsky ist tot", kam die lapidare Antwort.

„Oh. Was ist denn passiert?"

„Ist aus dem Fenster gefallen."

Sein Gesprächspartner schien nicht gerade eine Plaudertasche zu sein.

„Wissen Sie, ob seine Freundin da ist?"

„Auch tot."

Nun fielen die Antworten doch etwas zu knapp für Falkan aus. Warum nur hatte er keinen Dienstausweis mehr?

„Darf ich mal raufkommen?"

„Wieso?"

Verdammter Dienstausweis. Er versuchte es mit der Wahrheit. Manche Menschen packte beim Besuch eines Privatdetektivs die Abenteuerlust.

„Ich bin Privatdetektiv und Gambinsky war in einen Fall verstrickt, in dem ich zurzeit ermittle."

„Damit will ich nichts zu tun haben. Fragen Sie die Polizei, wenn Sie was wissen wollen."

Ein metallisches Klicken deutete auf das Ende des Gesprächs hin. Scheinbar gehörte der Mann nicht zu den Abenteuerlustigen. Falkan dachte über seinen Rat nach, doch beim letzten Mal hatte sich auch Robert Zappert, Falkans Nachfolger im Amt, etwas knauserig gezeigt, was das Einlösen von Gefallen und das

Preisgeben von Amtsinterna betraf. Kurzentschlossen betätigte Falkan die nächste Klingel. Es waren noch drei Namen übrig. Bevor sich jedoch jemand meldete, kam eine ältere Dame mit Pudel über den Gehsteig heran, blieb mit gezücktem Haustürschlüssel neben ihm stehen und sah ihn fragend an. Falkan schaltete auf Anfang.

„Ich wollte zu Gambinsky.“

Ein Trauerschleier legte sich auf ihr faltiges Gesicht.

„Wissen Sie es nicht? Der Herr Gambinsky ist letzte Woche verunglückt.“ Ihr Blick glitt unheilschwanger an der Hausfassade nach oben zum letzten Stockwerk.

„Auf der Wohnung muss ein Fluch liegen.“

„Fluch?“

„Bevor der Herr Gambinsky dort eingezogen ist, hat sich der alte Herr Möller dort aufgehängt, nachdem seine Frau tödlich verunglückt ist. Dann ist der Herr Gambinsky letzte Woche aus dem Fenster gestürzt, und nur ein paar Tage später wurde seine Freundin, ich nehme an, das war sie, von Einbrechern erschlagen.“

Sie schüttelte bestürzt den Kopf. „Schlimm.“

„Wann war denn das?“

Sie überlegte einen Moment.

„Sie haben sie am Montag gefunden, als der Hauseigentümer in die Wohnung wollte, um nach dem Rechten zu sehen, aber da soll sie schon längere Zeit tot gewesen sein, was der Haustratsch so erzählt hat.“

Falkan rechnete. Am Samstag hatte er noch mit ihr geredet, dann hatten Pat und Patachon das Haus betreten. Das würde passen.

„Weiß der Haustratsch denn sonst noch etwas?“

Die alte Dame zog brüskiert die Augenbrauen nach oben.

„Ich beteilige mich nicht an sowas.“

Danach schloss sie die Tür auf und verschwand grußlos im Haus, womit auch dieses Gespräch beendet war. Doch Falkan hatte genug erfahren. Wenn Pat und Patachon für den Tot der jungen Frau verantwortlich waren, dann konnte er sich auch denken, wie Briganz an seine Visitenkarte gekommen war. Fragte sich nur, was er damit vorgehabt hatte und ob die Adresse der Detektei Falkan in den Kreisen, in denen sich die beiden bewegt hatten, schon die Runde machte. Nun galt es nur noch, herauszufinden, was das für Kreise waren und was diese Kreise mit Leuten anstellten, die sich für sie interessierten.

Den ganzen Samstag lang hatte Falkan mit seinem Gewissen gekämpft. Er wusste nicht viel, und er kannte nicht die Zusammenhänge, doch was er wusste, würde Kriminalhauptkommissar Bengt Friedrichsen sicherlich interessieren. Schließlich hatte der ihn ja nach einer möglichen Verbindung zu Briganz und dem Toten vom Rastplatz gefragt, und nachdem sich Falkan nun über diese Verbindung im Klaren war, wäre es seine Pflicht gewesen, die Ermittlungsbehörden über seine Erkenntnisse zu informieren. Da Falkan jedoch wusste, wie es dann weitergehen würde, hatte er am Abend beschlossen, vorerst zu schweigen. Es würden Sätze fallen wie `halt dich da raus´, `ab hier machen wir weiter´ und `das ist jetzt Sache der Polizei´, und das würde bedeuten, dass er bei weiteren Ermittlungen ständig über nörgelnde Beamte und mehr oder weniger gutgemeinte Ratschläge stolpern würde, worauf er einfach keine Lust hatte. Er konnte sich ja, wenn die Rede darauf kam, immer noch damit herausreden, dass er die Zusammenhänge nicht gekannt hatte, dass er sich nicht vorstellen konnte, dass er an etwas so Großem dran war oder eine andere Lüge, von der er annahm, dass Friedrichsen sie ihm glauben würde.

So lag Falkan nun, an einem sonnigen Frühlingsnachmittag, nach einem hervorragenden Sonntagsbraten bei den Friedrichsens, auf der Liege auf seiner Terrasse und dachte über sein weiteres Vorgehen nach. Allerdings tat er sich dabei etwas schwer, denn der Einzige, der aus den Kreisen, mit denen er zu tun hatte, zurzeit greifbar war, war der Fahrer, Bernd Lohfink. Auch der wöchentliche Besuch auf dem Friedhof war diesmal nicht hilfreich gewesen. Also würde er mit Mike diese Woche wieder Nachtschichten einlegen, diesmal jedoch mit dem Ziel, herauszufinden, wohin Lohfink fuhr, nachdem er in der Nacht die Kisten in Bernbach eingeladen hatte.

Als sich vom nahen Flugplatz Motorengeräusch näherte, ging Falkans Blick zum blauen Himmel hinauf. Vor einigen Tagen hatte der Aero-Club die Flugzeuge aus dem Winterschlaf geholt und seinen Betrieb wieder aufgenommen. Seitdem brummte es wieder im Luftraum über dem Kinzigtal.

Falkan blinzelte in die Sonne. Es war eine einmotorige Sportmaschine, etwas kleiner als … Falkan richtete sich in der Liege auf … als die auf dem Bild in Gambinskys Wohnung.

Falkan schwang die Beine von der Liege und blieb noch eine Weile hocken. Da hatte der Friedhofsbesuch vom Morgen seine Gehirnwindungen tatsächlich doch noch in Wallung gebracht, nur eben mit etwas Verspätung. Es war ein warmer Frühlingstag, prädestiniert für eine kleine Fahrradtour.

Eine halbe Stunde später lehnte er das Rad an das Mäuerchen neben dem Aufgang zum Tower des Gelnhäuser Flugplatzes und sah sich nach einem

Ansprechpartner um. Eine junge Frau im Blaumann kam ihm vom Hangar her entgegen und lächelte ihn freundlich an.

„Wenn Sie da rein wollen, das Restaurant hat noch nicht geöffnet."

„Danke, ich habe bereits gegessen. Ich suche eigentlich nur jemanden, mit dem ich mich mal kurz unterhalten könnte."

Sie blieb stehen und steckte die Hände in die tiefen Taschen ihrer Montur.

„Über was denn?"

„Ich habe vor ein paar Tagen ein Foto gesehen, auf dem ein Mann vor einem Flugzeug stand. Das Foto wurde hier aufgenommen."

„Und?"

„Der Mann hieß Hans-Werner Gambinsky. Ich weiß nicht, ob er hier Mitglied war oder nicht, aber scheinbar ist er hier geflogen."

Ihrem Gesichtsausdruck nach kannte sie Gambinsky, allerdings schien sie keine große Sympathie für ihn zu empfinden.

„Ich hab' ihn schon eine Zeitlang nicht mehr gesehen. Sie sagen, er hieß?"

„Er ist vor einigen Tagen tödlich verunglückt."

Auch wenn sich ihre Sympathie in Grenzen hielt, huschte ein Hauch von Trauer über ihr Gesicht.

„Aber nicht mit dem Flugzeug. Das steht noch drüben in der Halle."

„Er ist in seiner Frankfurter Wohnung aus dem Fenster gestürzt."

Jetzt konnte sie sich ein schadenfrohes Kichern nicht verkneifen.

„Da verbringt er sein halbes Leben über den Wolken, und dann scheitert er an lächerlichen fünfzehn Metern.

Schon komisch."

Falkan fiel auf, dass sie zu wissen schien, in welchem Stockwerk Gambinsky gewohnt hatte.

„Sie waren näher mit ihm bekannt?"

„Warum interessieren Sie sich eigentlich so für ihn?"

„Wissen Sie, was er für Geschäfte gemacht hat?"

Fragen und Gegenfragen. Dieses Spiel gewann Falkan meistens.

„Er war Koordinator."

Falkan war über die prompte Antwort überrascht, wenngleich sie auch weitere Fragen offen ließ.

„Was hat er denn koordiniert?"

Sie zuckte lächelnd mit der Schulter.

„Keine Ahnung. Also, was war mit ihm? Hat er irgendwelche krummen Sachen gemacht?"

„Hätten Sie denn Grund zur Annahme, dass es so gewesen sein könnte?"

Sie lachte.

„Das ist ja das reinste Fragen Ping-Pong, das wir hier veranstalten. Also, ums abzukürzen, ich war ein paar Monate mit ihm liiert, und irgendwann habe ich ihn mal gefragt, wie er sich so eine schöne Maschine leisten könne. Er hat gesagt, er sei Koordinator, und damit haben wir's dann bewenden lassen. Ich habe bemerkt, dass er über seine Arbeit nicht reden wollte, und ich hatte die ganze Zeit den Eindruck, als hätte er mit Leuten zu tun, die das genauso wenig wollten. Lichtscheues Gesindel, nehme ich an. Und Sie?"

„Ich interessiere mich genau für dieses lichtscheue Gesindel. Ich bin Privatdetektiv, und Gambinsky gehörte zu meinem derzeitigen Fall."

„Kann ich mir gut vorstellen. Was ist das denn für ein Fall?"

Falkan registrierte erfreut, dass die junge Frau ihn bei

der Erwähnung seiner Berufsbezeichnung nicht mit dem in ihrer Altersklasse üblichen skeptischen Blick maß.

„Ein ziemlich undurchsichtiger. Ich hatte gehofft, hier etwas mehr über Gambinsky und das, was er so gemacht hat, zu erfahren."

„Tut mir leid, aber ich habe nur mit ihm geschlafen. Näher sind wir uns nicht gekommen." Sie zog eine Hand aus dem Hosensäckel und deutete in Richtung Stadt. „Er hat sich manchmal mit einem Mann getroffen, der kann nicht weit weg gewohnt haben. Er ist immer zu Fuß über die Bahnschranke gekommen. So ein kleiner Unscheinbarer. Ich hab' immer gedacht, dass die zwei überhaupt nicht zueinander gepasst haben. Die beiden sind dann manchmal für ein paar Tage nach Frankreich geflogen. Ich hab' mal aus Neugier einen Blick in unser schlaues Buch im Tower geworfen. Vielleicht sollten Sie den mal fragen."

Frankreich, dachte Falkan. Das würde passen. Auch Briganz und sein Freund waren auf dem Weg nach Frankreich, als das Schicksal sie ereilt hatte. Und der rote Ferrari hatte französische Kennzeichen.

„Näheres über den unscheinbaren Mann können Sie mir wohl nicht sagen?"

Sie grinste frech.

„Nee, Sie sind doch der Detektiv. Finden Sie's raus."

Damit sprang sie behände die Treppe zum Tower hinauf. Falkan sah sie über die Stufen fliegen. Vor zwanzig Jahren wäre er im Ernstfall auch noch in vier Sekunden dort oben gewesen, doch heute musste er es etwas bedächtiger angehen lassen. Zum Glück verrichteten wenigstens die Muskeln in seinem Gehirn ihre Arbeit noch so gut wie früher.

Ein kleiner Unscheinbarer, der in der Nähe wohnte. Da

fiel ihm spontan nur einer ein, der ins Allgemeinbild passte. Meier, Vorname bislang unbekannt.

Waren Meier und Gambinsky doch mehr als nur Mieter und Vermieter?

Aber Meier hatte ihn doch erst auf Gambinsky aufmerksam gemacht. Hätte er Falkan tatsächlich den Namen verraten, wenn die beiden Geschäftspartner – von welchem Geschäft auch immer – waren?

Oder waren solche Fragen einfach nicht zu beantworten, solange man nicht wusste, um was es eigentlich ging?

So musste es wohl sein. Falkan ging zu seinem Fahrrad zurück. Der Plan für nächste Woche sah also folgendermaßen aus. Zuerst ein Gespräch mit Meier Consulting, danach Nachteinsatz bei Bernd Lohfink. Vielleicht wusste man am Ende der Woche ja mehr.

Zuhause parkte Falkan das Rad in der Garage neben dem Firebird und ging ums Haus herum in den Garten, um nach den Hasen zu sehen. Er hatte sie am Morgen unter das selbstgebaute Laufgitter auf die Wiese gesetzt, damit sie mal aus ihren vier Wänden rauskamen. Das war gut für die Tiere und sparte ihm das Mähen.

Angesichts des allgemeinen Gehoppels unter dem Drahtgestell kam sich Falkan immer ein wenig wie ein Großrancher vor, und die kleine Braune hatte schon wieder einen dicken Bauch. Seine `Herde´ würde in wenigen Tagen noch größer werden, und er hatte immer noch niemanden gefunden, der dem Platzmangel mit dem Schlachtermesser entgegenwirken konnte.

Falkan ging in die Hocke, um das Gestell etwas weiter zu schieben. Das Gras an der alten Stelle war schon ziemlich abgefressen.

„Merkwürdiges Hobby für einen Privatschnüffler.“

Falkan ließ das Gitter wieder auf den Boden sinken, richtete sich auf und drehte sich langsam um. Er hatte den Mann in der hinteren Ecke der Veranda nicht bemerkt. Ein sträflicher Fehler, wie sich jetzt herausstellte, denn der Kerl hockte lächelnd im Campingstuhl und hielt eine Automatik mit aufgesetztem Schalldämpfer auf ihn gerichtet. Trotz seines schlechten Gedächtnisses wusste Falkan sofort, wer dort saß und ihn mit der Waffe bedrohte.
Patachon.
Dennoch spielte er den Unwissenden, was ihm angesichts seiner Unkenntnis der Zusammenhänge nicht weiter schwerfiel.
„Darf ich fragen, was das soll?"
Patachon beugte sich nach vorne und nahm den Griff der Waffe in beide Hände.
„Meine Auftraggeber fragen sich, warum ihre Person in letzter Zeit so oft im Umfeld von deren Aktivitäten auftaucht. Ich hätte darauf gerne eine Antwort."
Falkans Versuch, die Herkunft seines `Gasts´ aus seinen Worten herauszuhören, misslang. Sein Akzent klang irgendwie international.
„Was sind denn das für Aktivitäten?"
Falkan erwartete zwar keine Antwort, aber er musste Zeit zum Nachdenken gewinnen. Es gab schon zu viele Leichen in letzter Zeit, und er wollte nicht dazu gehören.
Patachon zog eine belustigte Grimasse, als habe Falkan einen amüsanten Witz gerissen.
„Zuerst Sie. Was wollten Sie bei Gambinsky, und was hatten Sie und ihr Kumpel bei der Lagerhalle im Bernbacher Gewerbepark zu suchen?"
Während er sich eine passende Antwort überlegte, ließ Falkan seinen Blick so unauffällig wie möglich zur

Nachbarschaft gleiten. War denn um diese Zeit niemand im Garten?

„Gegenfrage. Was hatten Sie und Ihr Kumpel bei Gambinsky zu suchen, und warum war seine Freundin nach Ihrem Besuch tot?“

Falkan wusste, dass er sich den Mann damit sicherlich nicht zum Freund machte, aber er wusste auch, dass man mit Provokation manchmal Antworten bekam, die man mit Freundlichkeit nicht erhielt.

Patachons Mund zog sich noch mehr in die Breite. Er sah jetzt aus wie ein kleiner, böser Buddha.

„Sehen Sie, diese Art von Neugierde ist der Grund dafür, warum ich hier bin.“ Er betrachtete die Waffe in seinen Händen wie ein kostbares Kunstwerk. „Warum dieses Interesse an Dingen, die Sie nichts angehen?“

Allmählich fing Falkan nun doch an zu schwitzen. Scheinbar machten sämtliche Nachbarn ein Mittagsschläfchen, und der Feldweg hinter der Hecke, der bei solchem Wetter sonntags immer stark frequentiert war, war auch wie ausgestorben. Er musste Zeit gewinnen und sich vielleicht ein bisschen an die Gartenhütte heranschieben. Mit einem Hechter konnte er dort im Ernstfall Deckung finden, wenn die Knochen mitspielten.

„Also schön, ich sag’ Ihnen, wie’s ist.“ Falkan beschloss, es mit der Wahrheit zu versuchen. Schlimmer konnte es auch nicht werden. „Ich war früher bei der Polizei und hab’ nach meiner Pensionierung eine Privatdetektei aufgemacht. In letzter Zeit hatte ich wenig zu tun, und als ein Freund, der ebenfalls gerne Detektiv spielt, meinte, dass in seiner Nachbarschaft nachts verdächtiges Treiben herrsche, haben wir uns ein bisschen darum gekümmert. Langeweile, verstehen Sie? So sind wir dann auf diese

Lagerhalle in Birkenhain und auf Gambinsky gestoßen, aber die Lagerhalle war verschlossen und Gambinsky war schon tot, als ich ihn befragen wollte." Falkan zuckte übertrieben mit den Schultern und tat gleichzeitig einen kleinen Schritt zur Seite. „Und das war's auch schon. Ich habe absolut keine Ahnung, um was es geht."

Patachon schwieg eine Weile. Dann nickte er.

„Okay. Das deckt sich so ungefähr mit dem, was wir über Sie herausgefunden haben."

Da er die Waffe nicht sinken ließ, befürchtete Falkan, dass es für Entwarnung zu früh war. Er behielt Patachons Finger am Abzug im Blick und spannte die Beinmuskeln.

„War's das?"

„Schätze schon."

Der Finger fing an, sich zu krümmen. Falkan schnellte zur Seite und prallte schmerzhaft gegen die Rückwand der Gartenhütte. Dann fielen zwei Schüsse. Noch im Fallen wunderte er sich, warum er die Schüsse gehört hatte. Der Schalldämpfer auf Patachons Automatik hätte höchsten ein leises `Plop´ von sich geben dürfen. Doch der Gedanke war nur flüchtig. Die Rückwand bot keinen Schutz für immer. Er musste zusehen, dass er irgendwie über den niedrigen Zaun des Nachbargrundstücks kam. Drüben waren sie gerade am Umgestalten des Gartens, und es standen ein Bagger und alle möglichen anderen Gerätschaften herum, die ihn vor einer Kugel schützen konnten. Es waren auch höchstens vier Meter, und vor ein paar Jahren wäre es ein Kinderspiel gewesen. Heute allerdings.

Falkan kam auf die Knie, kroch zur Ecke der Gartenhütte und schielte vorsichtig zur Veranda. Zu seiner Verwunderung saß Patachon noch reglos im

Stuhl und blickte mit großen Augen in die Welt. Die Hand mit der Waffe lag auf seinem Schoß. Dann kam eine schlanke Figur in Jeans und weißem Pulli in Falkans Blickfeld. Die lässig herabhängende Rechte hielt eine 38er, der Lauf deutete zur Erde. Die Frau drehte ihren Kopf in Richtung Falkan.

„Gern geschehen."

Der fast mitleidige Blick in ihren Augen ärgerte Falkan. Er kam sich in diesem Moment wie ein alter Mann im Seniorenheim vor, den die Pflegerin gerade noch rechtzeitig auf die Toilette geschafft hatte, bevor es in die Hose ging. So tapfer und geräuschlos wie möglich kam er auf die Beine und trat an ihre Seite.

„Wir hatten schon ein paar Mal das Vergnügen."

„Nennen Sie mich Natalie, Herr Falkan." Sie deutete auf den Toten in Falkans Campingstuhl. „Der da hieß übrigens Nickolas Breller. Sie kannten ihn?"

„Flüchtig. Ungefähr so flüchtig wie ich Sie kenne. Danke, übrigens."

„Wie gesagt, gern geschehen. Er und seine Freunde hatten mir das gleiche Schicksal zugedacht."

Falkan betrachtete die tote Gestalt auf seiner Veranda. Der Anblick war ihm zwar lieber, als sich selbst tot auf der Wiese liegen zusehen, dennoch störte er ihn. Ganz zu schweigen, was er Friedrichsen erzählen sollte.

„Wenn Sie schon mal hier sind, wer waren denn seine Freunde?"

Natalie ließ die kleine 38er in der Hosentasche ihrer Jeans verschwinden.

„Darüber wollte ich eigentlich mit Ihnen reden. Ein Kollege und ich waren schon seit Monaten hinter den Leuten her, und als Sie ins Spiel kamen, dachte ich, Sie wüssten mehr. Deswegen bin ich ja hier, aber Breller hatte wahrscheinlich ein ähnliches Interesse an Ihnen.

Zufälligerweise haben sich unsere Wege in Ihrem Garten gekreuzt."

„Tut mir leid, aber das einzige, das ich habe, ist ein bisschen Halbwissen und ein paar Ahnungen. Und einen Mann, der mit seinem Lieferwagen in der Nacht Kisten durch die Gegend fährt."

Natalie horchte auf.

„Sehen Sie, das ist genau so eine Information, mit der ich vielleicht weiterkäme."

„Sagen Sie mir erstmal, was eine junge Frau wie Sie für ein Interesse an Mord und Totschlag hat."

Sie kam nicht mehr dazu, Falkans Frage zu beantworten, wenn sie das überhaupt gewollt hatte. Eine laute Stimme drang in den Garten. Jemand rief „Polizei!" und „Kurt, alles in Ordnung?"

Natalie sah sich schnell um.

„Ich melde mich wieder. Die Polizei kann ich jetzt so gar nicht gebrauchen."

Bevor Falkan sie zum Bleiben überreden konnte, war sie den Gartenweg entlang und mit einem gekonnten Satz über die Hecke. Friedrichsen kam mit der Waffe im Anschlag um die Hausecke und sah sie gerade noch über die angrenzenden Wiesen in Richtung Schandelbach davonrennen. Als er seinen Freund Kurt unbeschadet neben der Gartenhütte stehen sah, ließ er die Waffe sinken, hob sie jedoch schnell wieder, als er der Leiche im Campingstuhl gewahr wurde. Sein Blick verfinsterte sich.

„Da wirst du mir aber einiges erklären müssen, mein Lieber."

Kapitel 7

„Ja?“

Bernd Lohfink hasste es, wenn man ihn sonntags anrief, auch wenn es Kunden waren. Die Leute hatten die ganze Woche Zeit. Wenn keine Fahrten anstanden, wollte er am Wochenende seine Ruhe haben.

„Lohfink?“

Die Stimme ließ Lohfink aufhorchen. Immer wenn dieser Kunde anrief, bekam sein maues Konto eine deftige Überlebensspritze.

„Ja.“

„Sie wissen, um was es geht?“

„Ich kenne Ihre Stimme inzwischen recht gut, ja.“

„Nächsten Dienstag, übliche Zeit, Gewerbepark Birkenhain.“

„Halt ich mir frei.“

„Es ist die letzte Fahrt, wir werden unsere Geschäftsbeziehungen danach abbrechen.“

„Wieso das denn?“

Lohfink konnte seine Enttäuschung nicht verbergen. Die Fahrten für Mr. Unbekannt hatten ihn die letzten Monate gut über Wasser gehalten, ohne dass er jeden kleinen Scheiß annehmen musste.

„Das muss Sie nicht interessieren. Sie erhalten bei Lieferung eine einmalige Prämie. Sollten wir Sie doch noch einmal benötigen, werden wir Sie kontaktieren.“

Es machte klick, dann waren die finanziell unbeschwerten Zeiten für Bernd Lohfink für Erste vorbei. Ärgerlich warf er das Telefon auf den Tisch und griff nach seinem Bier. Und er hatte bis heute noch nicht herausgefunden, was er da überhaupt seit Monaten durch die Nacht schipperte. Dienstag war die letzte Möglichkeit, es herauszufinden. Lohfink machte sich eine neue Flasche auf und begann, darüber nachzudenken, wie er das bewerkstelligen konnte.

Seit dem letzten Grillabend im vergangenen Herbst war in Falkans Garten nicht mehr so ein Leben gewesen. Uniformierte Beamte, die Leute von der Spurensicherung, die Herren Friedrichsen und Müller, Falkans Hasen auf der Wiese, und im Mittelpunkt des Ganzen der kleine Nickolas Breller, der sich das Gewusel um ihn herum mit toten Augen vom Campingstuhl in der Ecke aus ansah. Vorm Haus warteten André Mann und Olli Steiner mit dem Leichenwagen, um den Erschossenen in die Gerichtsmedizin zu überführen. Weitere Beamte durchforsteten mit Hunden das Gelände hinter Falkans Gartenhecke bis hinüber zum Schandelbach und zur Hauptstraße hin.

„Und du kanntest beide also nur flüchtig? Das Opfer und die Täterin."

Friedrichsen und Falkan saßen am Tisch auf der Veranda, unweit des Toten. Friedrichsen hielt einen Notizblock in der Hand.

„Hab' die zwei sozusagen heute erst persönlich kennengelernt."

„Die beiden scheinen dich aber schon besser zu kennen, sonst wären sie nicht in deinem Garten aufgetaucht, dazu noch bewaffnet."

„Ich verstehe es auch nicht."

Friedrichsen warf den Block ungeduldig auf den Tisch.

„Komm' schon, Kurt, du kannst mir doch nicht erzählen, du wüsstest nicht, worum es geht. An was bist du dran, dass man dir ans Leder will?"

„Ich hab' dir doch letzte Woche von Mikes Verdacht erzählt, dass in der Garage gegenüber seiner Firma in

der Nacht merkwürdige Dinge vor sich gehen. Ich schätze, es hat damit zu tun, ich weiß aber nicht, worum es geht. Ich habe nur ein paar Puzzlestücke, aber es gibt noch kein Bild."
Friedrichsen nahm den Notizblock wieder vom Tisch.
„Dann erzähle mir mal etwas über deine Puzzlestückchen."
Diesmal konnte Falkan nicht anders. Er hatte eine Leiche auf der Veranda liegen, die Täterin war über seinen Gartenzaun geflüchtet, und er selbst hätte den Sonntagabend fast nicht mehr erlebt. Es war einfach zu offensichtlich, dass etwas im Gange war, also berichtete er dem leitenden Ermittlungsbeamten über seine Begegnungen der letzten Zeit, angefangen von seiner Untersuchung der leergeräumten Garage über das Gespräch mit Meier von Meier Consulting bis hin zum Besuch in der Wohnung des verunglückten Hans-Werner Gambinsky und seiner Begegnung mit dessen inzwischen ebenfalls zu Tode gekommener Lebensabschnittsgefährtin. Dass er bei dieser Gelegenheit einem der beiden Herren, deren Bilder Friedrichsen ihm vor ein paar Tagen gezeigt hatte, über den Weg gelaufen war und er dies bisher nicht, wie versprochen, erwähnt hatte, war ihm besonders peinlich, auch wenn er sich erst später an das Gesicht von Charles Briganz erinnert hatte. Für dieses späte Geständnis erntete er dann auch einen entsprechenden Blick Friedrichsens. Bei aller Offenheit verschwieg Falkan jedoch, sozusagen als kleines Ass im Ärmel, den Namen Bernd Lohfink. Ein bisschen wollte er in dem Fall auch noch mitmischen, und bei all den Namen, die er Friedrichsen genannt hatte, würden der Polizeiapparat und seine Computer sicherlich genug Daten ausspucken, um hinter die Zusammenhänge zu

kommen. Da brauchte es keine so kleinen Nebensächlichkeiten wie den Namen eines selbstständigen Kurierfahrers.

Am Ende seiner Aussage war es an Falkan, Fragen zu stellen.

„Wie weit seid ihr eigentlich mit diesem Unfall auf der Autobahn? Siehst du vielleicht jetzt einen Zusammenhang mit dem, was ich herausgefunden habe? Immerhin ist diese Natalie eventuell auch Engländerin, so wie der Tote von der Autobahn."

„Wir werden sehen", wich Friedrichsen aus und klappte seinen Notizblock zu. „Du wirst noch ins Büro kommen müssen, um deine Aussage zu unterschreiben. Morgen früh, neun Uhr, passt das?"

„Fritz und ich werden da sein. Ich hab' dir jetzt so viel erzählt, da könntest du dich auch mal revanchieren. Wer war denn jetzt eigentlich dieser Engländer?"

Friedrichsen setzte wieder sein Dienstgesicht auf.

„Das, mein lieber Kurt, fällt diesmal aber wirklich unters Dienstgeheimnis, da kannst du noch so viele Gefallen einfordern oder Runden im Buxbaum ausgeben."

Er zog symbolisch den Reisverschluss vor seinem Mund zu und warf den Schlüssel in Falkans Garten. Dann erhob er sich, gab einige Anweisungen an seine Leute und ging mit Müller im Schlepptau davon. Kurz darauf kamen André Mann und Olli Steiner um die Ecke und sammelten die sterblichen Überreste von Nickolas Breller auf.

„Das wäre aber wirklich nicht nötig gewesen, Kurt, dass du jetzt persönlich dafür sorgst, dass wir nicht arbeitslos werden", sagte André Mann, als sich der Deckel des Transportsargs über dem Toten geschlossen hatte.

„War nicht meine Idee, André, aber sollte ich die junge Dame, die dafür verantwortlich ist“, er deutete auf den Sarg, „nochmal treffen, werde ich euren Dank bei ihr zum Ausdruck bringen.“

Kurz darauf war wieder Ruhe in Falkans Garten eingekehrt. Die Hasen hoppelten immer noch, als sei nichts gewesen, unter ihrem Gitter durchs Gras, und Fritz und sein Herrchen hockten auf der Veranda und sahen ihnen dabei zu.

Jetzt, wo all die neugierigen Menschen verschwunden waren und Falkan etwas zum Nachdenken kam, plagte ihn doch wegen der Geschichte mit Lohfink ein wenig das schlechte Gewissen. Natürlich hätte er es Friedrichsen sagen müssen, und natürlich war es falsch, wichtige Informationen zurückzuhalten, nur um noch selbst etwas zum Ermitteln zu haben, aber die Sache mit der Garage war nun mal von Anfang an sein Fall gewesen. Genau genommen hatte Friedrichsen ihn nicht ernst genommen, also war es eigentlich nur gerecht, dass etwas davon für Falkan übrig blieb. Vielleicht kam bei der Verfolgung der Spur Lohfink ja sogar etwas heraus, mit dem er Friedrichsen zufrieden stellen konnte. Es musste nur bald sein.

Falkan griff zum Telefon.

„Mike, was hast du die nächsten Nächte vor?“

Diesmal parkte Mike seinen Firmenwagen in einer Seitenstraße am Anfang des Gewerbeparks Birkenhain und wartete, bis Lohfinks Transporter gegen elf wieder an ihm vorbeifuhr. Es hatte nur zwei Abende gedauert, bis Lohfink wieder die bekannte Strecke genommen hatte. Nach Niedermittlau, seinen Kumpel einladen, dann rüber nach Bernbach. Mike hatte den VW vollgetankt und sich bei Melinda für die Nacht freigenommen, da er nicht wusste, wo Lohfink seine Ladung hinbringen würde. Eine erste Ahnung, dass es weiter gehen konnte, bekam er, als er wenig später dem Sprinter auf die A66 Richtung Fulda folgte.

„Das erinnert mich ein wenig an die alten Zeiten, in denen ich mit Matschureit in unserem Passat unterwegs war.“

Falkan hockte auf dem Beifahrersitz und hatte eine Thermoskanne mit Kaffee auf dem Schoß.

„Und mich erinnert es an den Nachmittag, als ich dem gelben Calibra mit dem dicken Koch drin hinterher bin, weißt du noch? Damals musste ich mich aber im Stadtverkehr verstecken, da ist das hier ein Kinderspiel dagegen.“

„Na, hoffentlich dauert das Kinderspiel nicht zu lange. Willst du einen Kaffee?“

„Nee, jetzt noch nicht. Vielleicht dauerte das Kinderspiel ja doch länger.“

Wie sich im Laufe der nächsten Stunden herausstellte, dauerte es länger. Als sie gegen ein Uhr Bamberg erreichten, wuchsen in Mike die Zweifel, ob er am Morgen pünktlich zur Arbeit kommen würde. Glücklicherweise waren er und seine beiden Miteigentümer ja alle Chefs, er konnte sich also selbst frei geben. Seine Hoffnungen auf einen pünktlichen Arbeitsbeginn stiegen jedoch nach wenigen Minuten, als der Sprinter kurz vor der Abfahrt Bamberg-Süd den Blinker setzte und auf einen hinter einer Baumgruppe verborgenen Rastplatz fuhr.

„Vielleicht muss jemand pinkeln.“

„Wir werden sehen“, sagte Falkan, als Mike auf die Bremse ging und langsam die schmale Ausfahrt befuhr.

„Mach’ mal das Licht aus und bleib gleich vorne stehen.“

Die Scheinwerfer des Sprinters bestrichen ein altes Klohäuschen, hinter dem der Transporter gleich darauf verschwand. Das Mondlicht reicht nicht aus, um zu sehen, ob jemand auf dem Klo verschwand. Es brannte kein Licht. Mike und Falkan warteten eine gute Viertelstunde, doch nachdem nichts geschah und der Sprinter auch nicht wieder zum Vorschein kam, verließen sie den Wagen und schlichen an den Bäumen entlang nach vorne. Im schwachen Sternenlicht entdeckten sie die Umrisse des Sprinters, der neben einem weiteren Lieferwagen stand, dessen Lichter und Motor in diesem Moment ansprangen. Langsam rollte das Fahrzeug rückwärts aus der Parklücke und fuhr in Richtung Autobahnauffahrt davon. Der Sprinter blieb in der Dunkelheit des Rastplatzes stehen.

Wieder warteten die beiden, diesmal jedoch keine Viertelstunde.

„Ich geh' mal nachsehen", flüsterte Falkan.

„Lass' mich. Ich kann schneller abhauen, wenn's nötig ist."

„Danke", gab Falkan beleidigt zurück, musste Mike aber im Stillen recht geben. Er war nun mal der bessere Athlet.

Mike lief geduckt über den Fahrweg hinüber und ums Klohäuschen herum, von dessen Rückseite er einen Blick auf die Fahrerkabine des Sprinters riskierte. Es sah nicht so aus, als säße jemand drin, kein Licht, keine Bewegung. Es waren auch keine Stimmen zu vernehmen. Von mutiger Neugier ergriffen, ging er auf das Fahrzeug zu und öffnete leise die Beifahrertür. Niemand drin. Er ging zur Hecktür, die ebenfalls unverschlossen war. Der Laderaum war genauso leer, kein Mensch, auch keine Ladung mehr.

Mikes Blick ging zum Eingang des Toilettenhäuschens.

Wenn Lohfink und sein Kumpel nicht im Wald verschwunden waren, war das die einzige Möglichkeit. Jetzt musste er sich nicht mehr verstecken. Er war ein Reisender in der Nacht, den die Blase drückte. Mit einem lauten Hüsteln betrat er die unangenehm riechende dunkle Kabine. Das Bauwerk stammte sicherlich noch aus den Anfangszeiten der Autobahnen, und ohne Taschenlampe war es in der Nacht kaum möglich, die dunklen Becken zu treffen. Vor sich, auf dem Boden in der Ecke, lag etwas, das in der Dunkelheit wie überkreuzte Beine oder Arme aussah. Mike knipste die Telefonlampe an. Insgeheim hatte er befürchtet, dass zwei blutüberströmte Leichen herumliegen würden, doch auf dem Boden waren nur Urinlachen und Zigarettenstummel. Die Beine und Arme waren Rohre, die sich aus der Wand gelöst hatten und die noch niemand wieder an ihrem Ursprungsort anmontiert hatte. Die Rastplätze auf Deutschlands Autobahnen hatten nicht umsonst einen schlechten Ruf. Enttäuscht und erleichtert zugleich ging Mike nach draußen. Falkan kam gerade von der anderen Seite angelaufen.

„Die Vögel sind ausgeflogen."

„Und die Ladung?"

„Weg. Die müssen auf den anderen Transporter umgeladen haben."

„Und Lohfink lässt sein Auto hier stehen? Kann ich mir nicht vorstellen."

„Tja", sagte Mike und ging im Licht seiner Handylampe zurück ins Häuschen. „Tatsache ist, sie sind weg. Ich glaube, jetzt könnte ich einen Kaffee vertragen. Ich mach' nur schnell mal ein bisschen Platz."

Nachdem Falkan am nächsten Tag bis in den hellen Sonnenschein ausgeschlafen hatte, war er nach Meerholz gefahren, um sicherzugehen. Lohfinks Transporter war noch nicht wieder da. Danach fuhr er zur Polizeistation Gelnhausen, um zu beichten. Lohfinks Verschwinden beunruhigte ihn, und er wollte sich nicht irgendwann vorwerfen lassen müssen, dass er dieses eine Puzzlestückchen nicht erwähnt hatte.

„Hat sich deine Freundin nochmal gemeldet?“, empfing ihn Friedrichsen mit bitterernstem Dienstgesicht. „Die Maas macht Dampf. Als sie das von dir unterschriebene Protokoll gelesen hat, ist sie fast ausgetickt, weil ich dir nicht die Fingernägel rausgerissen oder wenigstens Daumenschrauben angelegt habe.“

Falkan streckte ihm beide Hände hin.

„Mach’ ruhig, aber deswegen kommt doch nicht mehr dabei raus. Ich habe nichts von ihr gehört, seit sie über meine Hecke gehüpft ist.“

Friedrichsen sah nervös zur Tür. Er befürchtete, dass seine Chefin zufällig Falkans Wagen auf dem Parkplatz sehen konnte und die Gelegenheit nutzen würde, ihren Druck persönlich zu erhöhen. Die Streitereien seiner Vorgesetzten mit seinem Nachbarn waren ihm stets peinlich. Er kam sich dabei immer vor wie ein Schiedsrichter, der seine Pfeife vergessen hatte.

„Warum bist du eigentlich gekommen, und hätte das nicht bis heute Abend Zeit gehabt?“

Falkan hatte sich genau überlegt, wie er seine Beichte rüberbringen wollte. Dies war so eine Gelegenheit, bei der er sein fortgeschrittenes Alter zu seinem Vorteil nutzen konnte.

„Ich hab’ was vergessen zu erwähnen.“

„Etwas Wichtiges?“

„Wäre möglich, oder auch nicht. Dieser Transporter,

den Mike nachts des Öfteren vor seinem Fenster gesehen hat, wir kennen den Fahrer."
„Wir?"
„Dein Schwager und ich."
Falkan hoffte, dass die Verstrickung seiner Verwandtschaft in die Lücke im Protokoll Friedrichsen milde stimmen möge.
„Wundert mich, dass du so etwas vergessen konntest."
Es war nicht zu überhören, dass Friedrichsen seinem Nachbarn die Gedächtnislücke nicht abnahm. „Das scheint mir doch ein wichtiger Zeuge zu sein. Name, Adresse?"
Falkan machte brav seine Angaben.
„Aber ich befürchte, er ist nicht zuhause."
Friedrichsens Blick verfinsterte sich.
„Was veranlasst dich zu dieser Vermutung?"
„Wir sind ihm letzte Nacht hinterhergefahren und haben ihn auf einem Rastplatz bei Bamberg verloren."
Friedrichsens Blick bekam etwas Diabolisches.
„Wir?"
„Dein Schwager und ich."
Friedrichsen schloss für einen Moment die Augen und sog hörbar die Luft ein.
„Verloren?"
„Wir haben ihn von Birkenhain aus bis zu diesem Rastplatz verfolgt, wo er sich scheinbar mit jemandem in einem anderen Transporter getroffen hat. Wir haben eine Weile gewartet, es war stockdunkel, dann ist der zweite Transporter weggefahren, und als wir nachgesehen haben, waren Lohfink, sein Kumpel und die Ladung weg. Nur Lohfinks Sprinter stand noch dort, und ich nehme an, er steht auch jetzt noch."
Friedrichsen hatte allmählich Schwierigkeiten, die Beherrschung zu bewahren. Wieder atmete er tief ein.

„Birkenhain?“

„Ach ja.“ Falkan tippte sich an die Stirn und lächelte sein unschuldigstes Lächeln. „Du weißt ja, das Alter. Im Gewerbepark dort gibt es eine weitere Immobilie, die Lohfink in der Nacht angefahren hat, um irgendwelche Kisten abzuholen.“

„Gehört diese Immobilie auch diesem Meier, von dem du mir erzählt hast?“

„Soweit waren wir in unseren Ermittlungen noch nicht.“ Falkan grinste. „Ein bisschen was müsst ihr ja auch noch tun.“

Friedrichsen hatte eine scharfe Erwiderung auf den Lippen, als die Tür ohne Klopfen geöffnet und sein Albtraum wahr wurde. Frau Kriminalrat Maas betrat den Raum, sichtlich wissend, dass Friedrichsen Besuch von seinem Nachbarn hatte.

„Schau an, der Herr Falkan.“

Sie legte eine besondere Betonung auf das `Herr´, um auszudrücken, dass er in ihren heiligen Hallen keinerlei Dienstgrad mehr hatte.

„Tag“, sagte Falkan, hielt sich aber ansonsten mit Worten zurück, um nichts Falsches zu sagen.

„Herr Falkan ist nur hier, um seine Aussagen von Sonntag zu ergänzen.“ Friedrichsen hielt es für besser, doch gleich die Pfeife rauszuholen, da er die aufkommende Spannung im Keim ersticken wollte.

„Ihm ist da noch was eingefallen.“

„Ich nehme an, nichts Wichtiges, oder?“, fragte sie lauernd. Friedrichsen spürte, dass sie heute auf Krawall aus war und begann leicht zu schwitzen.

„Nein, nein, eher nicht, aber wir werden dem natürlich nachgehen.“

„Natürlich werden wir das.“ Sie hatte die Türklinke noch in der Hand. „Wenn der Besuch fort ist, möchte

ich Sie mal kurz sprechen, Herr Friedrichsen.“
Dann ging sie wortlos davon, nicht ohne Falkan noch
ein falsches Lächeln zuzuwerfen.
„Die ist aber heute wieder in Hochform, was?“
„Du hast ja keine Ahnung, Kurt. Irgendwas läuft bei ihr
in letzter Zeit schief, und wir müssen’s ausbaden.“ Er
nahm einen Stift zur Hand. „So, jetzt beschreibe mir
mal genau, wo dieser Rastplatz liegt, damit ich die
bayrischen Kollegen mal um eine kleine Inspektion
bitten kann. Irgendwo müssen wir ja anfangen.“
„Du wirst dir sicher seine Wohnung anschauen wollen.
Soll ich dich begleiten?“
Friedrichsen zog erstaunt die Augenbrauen in die Höhe.
„Ich weiß ja nicht, wie das zu deiner Zeit gehandhabt
wurde, aber wir brauchen heutzutage einen triftigen
Grund, um uns Zutritt zu einer Wohnung zu
verschaffen. Dass der Wohnungsinhaber sein Auto auf
einem Rastplatz stehen lässt, reicht da nicht aus.“

Als Falkan wenig später die Treppe der Polizeistation
hinabstieg, dachte er über seine Optionen nach. Es gab
da schon einige, doch keine einzige erschien ihm
besonders erfolgreich im Kampf gegen seine
aufkommende Langeweile.
Er konnte versuchen, mit seinem alten
Dietrichmäppchen in Lohfinks Wohnung einzudringen,
doch was würde er dort finden? Was er so von Lohfink
gesehen hatte, wahrscheinlich nur Pizzakartons und
leere Bierflaschen. Lohfink war ein kleines Licht, er
war der, der Befehle ausführte, keiner, der welche gab.
Er hatte sicherlich nichts in den Schubladen, das
weiterhalf.
Sollte er Meier aufsuchen und ihn fragen, ob er der
kleine unscheinbare Mann war, mit dem Gambinsky

Ausflüge nach Frankreich unternommen hatte? Der Herzbachweg war um die Ecke. Doch hätte Meier ihm die Adresse von Gambinsky verraten, wenn er mit ihm unter einer Decke stecken würde? Kaum. Andererseits, man wusste ja nicht, um was es ging. Vielleicht gehörte das auch zu einem größeren Spiel, dessen Regeln Falkan nicht kannte.

Und da war noch das alte Arnoldhaus. Falkenberg hatte sich immer noch nicht gemeldet. Vielleicht sollte er mal einen Abstecher ins Dorf machen, um sich in dem alten Hof von der Inspiration erwischen zu lassen.

Falkan ging zum Auto und warf noch einmal einen Blick hinauf zu Friedrichsens Büro. Benji stand am Fenster und sah herunter. Zwei Fenster weiter stand Frau Kriminalrat und tat dasselbe. Falkan winkte nach oben. Sollten sich die beiden aussuchen, wer gemeint war. Dann klemmte er sich hinters Steuer und fuhr davon. Es gab einiges zu tun, auch wenn es wahrscheinlich nichts brachte. Er vermisste die junge Frau im roten Ferrari. Sie schien die einzige zu sein, die wusste, um was es ging.

Falkan zog die Scheunentür hinter sich zu und schob den verrosteten Riegel vor. Er hatte sich am nächsten Morgen gleich nach dem Frühstück zum Arnoldhaus begeben, um sich von der Inspiration erwischen zu lassen, doch sie hatte einen großen Bogen um ihn gemacht. Soweit er es in Erinnerung hatte, hingen Mistgabel, Sense und Co. in der Scheune noch da, wo sie vor Wochen hingen. Kein Poltergeist hatte Unordnung gemacht, keine Verwandten aus der Vergangenheit hatten mutwillig ein Durcheinander veranstaltet, und Spuren außerirdischen Lebens waren auch keine vorhanden. Im Haus selbst hatte es seit seinem letzten Besuch auch keine Veränderungen gegeben, keine neuen Fußspuren, und die beiden Bücher standen auch noch an ihrem alten Platz. Fritz war derweil auf dem alten Kopfsteinpflaster im Hof unterwegs gewesen, seine Nase hatte jedoch auch keine neuen Erkenntnisse erschnüffelt.

So machte sich Falkan auf den Weg zum kleinen Laden, um sich bei `Alex backt's´ ein Kartoffelbrot und die neue GNZ zu besorgen.

„Du stehst auch heute im Lokalteil, Kurt", sagte Ulla Liehm, als sie ihm Brot und Zeitung über die Theke reichte.

„Namentlich?"

Falkan hatte einen Bericht über die Ereignisse vom Sonntag die letzten Tage schon vermisst.

„Nee, du bist nur ein alleinstehender Rentner, in dessen Garten eine erschossene Person aufgefunden wurde, aber wenn man den Ortsfunk verfolgt hat, weiß man schließlich, wer gemeint ist. Was ist denn passiert?"

„Wenn ich's nur wüsste, Ulla."

Falkan blätterte neugierig durch die Zeitung.

„Seite vierzehn."

Falkan überflog die Zeilen. Es war nur eine kleine Spalte. Eine grobe Beschreibung des Tathergangs und die Bitte an die Bevölkerung um Hinweise, wer zur Tatzeit eine Frau – es folgte Falkans Beschreibung der jungen Frau im roten Ferrari – in der näheren oder weiteren Umgebung des Bereichs Schandelaue, Elf Morgen, Hauptstraße gesehen hatte. Die Frau wurde als wichtige Zeugin gesucht.

Falkan nahm das Brot und klemmte sich die Zeitung unter den Arm.

„Na, dann wird sich der alleinstehende Rentner mal in seinen Garten begeben und darauf hoffen, dass nicht noch mehr Leichen herumliegen. Tschüss.“

Eine Viertelstunde später konnte Falkan sich dessen sicher sein. Keine Toten im und keine Toten ums Haus herum. Nur die erwachende Natur im Garten und die Hasen, die erwartungsvoll an ihre Stalltürchen hoppelten, als er die Gartenhütte betrat und die Tüte mit dem Kaninchenfutter zur Hand nahm. Bevor er die Schälchen fürs Frühstück füllen konnte, summte sein Telefon. Wie immer, wenn eine ungekannte Nummer im Display erschien, nahm er das Gespräch an, ohne sich mit Namen zu melden.

„Herr Falkan, wie sieht’s aus? Haben Sie Hunger?“

Er hatte die Stimme erst ein einziges Mal in seinem Leben gehört, doch die Ereignisse bei dieser Begegnung waren so eindringlich, dass er sie nicht vergessen hatte. Und sie war erst drei Tage her.

„Natalie?“

„Ich sagte doch, ich melde mich. Haben Sie Zeit?“

„In der Zeitung steht heute, ich bin ein alleinstehender Rentner. So jemand hat immer Zeit. Über Sie steht übrigens auch etwas drin.“

„Man hat mich darüber informiert. Deswegen würde ich Sie gerne ohne Ihren Nachbarn oder seine Kollegen treffen. Ich hoffe, Sie entsprechen dem allgemeinen Klischee des Privatschnüfflers, der sich bei seinen Ermittlungen ungern von der Polizei auf der Nase herumtanzen lässt.“

„Es war Notwehr.“

„Es wird trotzdem Fragen geben und Formulare zum Ausfüllen und juristische Spitzfindigkeiten. Dafür ist hinterher noch Zeit.“

„Hinter was?“

„Wenn ich erledigt habe, was mein Kollege und ich angefangen haben. Ich könnte in etwa vier Stunden bei

Ihnen sein.“

„Waren Sie denn die letzten drei Tage verreist?“

„Sozusagen. Mein Flug landet gegen halb fünf.“

„Sie sprechen sehr gut Deutsch.“

„Ich kann einiges ganz gut. Das hilft in meinem Job.“

„Und was ist Ihr Job?“

„Später. Suchen Sie ein schönes Restaurant aus, nicht zu überlaufen. Ich habe heute noch nichts gegessen. Und lassen Sie Ihren Nachbarn zuhause.“

Falkan starrte noch eine Weile verwundert auf sein Telefon, dann nahm er wieder die Futtertüte und befüllte die Schälchen.

„Na, meine Kleinen, ihr habt bestimmt nicht so interessante Gäste zum Essen wie ich heute, was?“

Falkan wartete bereits eine halbe Stunde an dem Tisch gegenüber der Theke, den er aus alter Gewohnheit gewählt hatte. Schon früher, als Abdelhai Boutakhrit noch Wirt im Gasthaus `Zum Steines´ war, hatten sie immer an dem kleinen Vierertisch gesessen, von dem aus man die interessanten, manchmal auch grotesken und teils aggressiven Gespräche an der Theke verfolgen konnte. Seit der ehemalige Steineswirt sein neues Domizil mit Namen `Abdels Pizzeria´ in der Bauhofstraße bezogen hatte, hatten Falkan und seine Freunde erst einen Herrenabend hier abgehalten, und der hatte an dem Tisch gegenüber der Theke stattgefunden.

Falkan bestellte gerade sein zweites Bier, als Natalie endlich mit suchendem Blick durch die Glastür trat und sich zu ihm gesellte.

„Das Navi meines Leihwagens hat es nicht gleich gefunden. Ich musste mich durchfragen.“

„Die Gaststätte hat erst vor kurzem aufgemacht. Es hat

sich wohl noch nicht überall im Internet rumgesprochen.“

Sie ließ ihren Kopf kreisen.

„Sieht ziemlich neu aus, stimmt. Ihr Nachbar ist zuhause?“

„Sie haben nichts zu befürchten. Machen Sie mich schlau.“

Natalie hob die Hand.

„Ich hatte im Flugzeug nur eine Kleinigkeit. Mein Magen hängt auf halb fünf. Ich würde gerne erstmal bestellen.“

Falkan lächelte.

„Ihr Deutsch ist wirklich sehr blumig.“

Nachdem Heidi Habenstein, die seit der Neueröffnung von `Abdels Pizzeria´ gemeinsam mit ihrem Mann Norbert für die Gaststätte zuständig war – der Namensgeber beschränkte seine Tätigkeiten auf die Küche – die Bestellungen aufgenommen hatte, hielt Falkan es nicht mehr länger aus. Er platzierte seine Ellbogen auf den Tisch und stützte sein Kinn in die gefalteten Hände. Seine Augen leuchteten erwartungsvoll.

„Sie wissen tatsächlich nicht, um was es geht?“

„Woher sollte ich? Ich bin nur ein neugieriger Rentner, der ein bisschen in Dingen herumstochert, die ihn nichts angehen, wie mein Nachbar sagen würde.“

„Und er hat Ihnen auch nichts gesagt?“

„Weiß die Polizei denn, um was es geht?“

„Nichts Konkretes. Meine Dienststelle ist nicht besonders freizügig, was Informationen angeht. Aber die Polizei wurde darüber informiert, dass wir Ermittlungen durchführen, nachdem mein Kollege hier in der Gegend ums Leben gekommen ist.“

Falkan hatte es die ganze Zeit geahnt. Er zählte eins

und eins zusammen.

„Der Tote von der Autobahn.“

Natalie nickte.

„Hugh Craighton. Wir haben seit fünf Jahren zusammengearbeitet.“

Ein Schatten legte sich über ihr Gesicht. Falkan registrierte es als kleine Nebensächlichkeit. Möglicherweise waren die beiden mehr als Kollegen.

„Und was genau ist Ihre Dienststelle?“

„Haben Sie schon mal James Bond gesehen?“

„Zählt zu meinem Pflichtprogramm. Bis auf den letzten mit Daniel Craig. Ich mag es nicht, wenn meine Helden sterben.“

„Ich auch nicht. Hugh war mein Held. Er hat mich, als ich neu war in dem Job, unter seine Fittiche genommen und mich mehr als einmal gegen die männliche Übermacht in der Firma verteidigt.“

„Und die Firma ist der Geheimdienst seiner Majestät?“

Natalie lächelte.

„Sie haben tatsächlich Bond geschaut. Genau genommen, der Auslandsgeheimdienst, MI6.“

„Und was führt Sie nach Deutschland?“

Falkan hatte das sichere Gefühl, dass die Lösung des Geheimnisses um die Garage in Mikes Hinterhof noch vor seinem Knoblauchhähnchen serviert werden würde.

„Hugh und ich waren hinter einer Organisation her, die in großem Ausmaß das Waffenembargo gegen Russland und anderer aggressive Staaten umgeht. Es geht nicht um Waffen, sondern vor allem um Technologie, die in Waffensystemen aller Art eingesetzt werden kann. Halbleiter und so was.“

Falkan hatte die kleine Garage in Mikes Hinterhof vor Augen. Er hatte sie selbst in Augenschein genommen und dabei keinerlei Anzeichen von irgendeiner

Technologie gefunden.

„Und die sollen in unserer Gegend ihr Unwesen treiben?"

„Die treiben ihr Unwesen weltweit. Hugh und ich waren nicht die einzigen, die hinter den Kerlen her sind, aber ich glaube, wir waren ganz dicht dran. Ich hatte einen der Köpfe an der Côte d'Azur entdeckt und mich an ihn rangemacht, einen gewissen Armand Kattarax, Franzose mit tschetschenischen Wurzeln, eine Made im Speck, widerlicher Kerl, aber was tut man nicht alles für den Weltfrieden? Ich bin auf seiner Yacht in Saint-Tropez auf einen Namen gestoßen, Hans-Werner Gambinsky, er war sowas wie ein Mittelsmann, der für die Logistik in Mitteleuropa zuständig war. Er hat den Transport und die Lagerung von benötigten Materialien koordiniert."

Falkan musste daran denken, was ihm Gambinskys ehemalige Geliebte auf dem Flugplatz erzählt hatte.

„Da hat er also nicht mal gelogen."

Natalie legte den Kopf schief.

„Hm?"

„Ich habe vor einigen Tagen eine frühere Freundin von Gambinsky getroffen. Auf die Frage, was er so macht, hat er gesagt, er sei Koordinator."

„Sie kennen also Gambinsky auch? Sehen Sie, das ist der Grund, warum ich lieber mit Ihnen als mit der Polizei zusammenarbeite. Seit ich Sie das erste Mal auf der Straße vor Meiers Haus und dann in meinem Hotel in Großenhausen gesehen habe, hatte ich die vage Vermutung, dass Sie der Einzige sind, der mir weiterhelfen kann, ohne dumme und unnötige Fragen zu stellen. Sie sind irgendwie in diese ganze Sache verstrickt."

Falkan schüttelte hefig den Kopf.

„Ich habe Ihnen doch gesagt, ich bin nur ein Rentner, der in Sachen herumschnüffelt, die ihn nichts angehen. Bis jetzt hatte ich nicht mal eine Ahnung, um was es eigentlich geht.“

„Aber Sie wissen Dinge, Sie kennen Leute.“

„Die meisten Leute, die ich kennengelernt habe, seit mein Freund Mike mir von dem nächtlichen Treiben unter seinem Hinterfenster erzählt hat, sind tot oder verschwunden. Wussten Sie, dass Gambinsky tot ist?“

Sie zog verwundert die Augenbrauen in die Höhe.

„Nein, wusste ich nicht.“

„Er ist aus dem Fenster gefallen. Die Polizei meint, es sei ein Unfall gewesen.“

„Als ich das letzte Mal mit Hugh telefoniert habe, war er gerade in dessen Wohnung auf eine interessante Datei gestoßen. Daher hatte er auch die Adresse von diesem Meier. Er sagte noch, er wolle sich bei dem mal umsehen. Danach hatten wir keinen Kontakt mehr. Das nächste, was ich von ihm hörte, war, dass er getötet wurde.“

„Wer war eigentlich dieser Onkel, der Sie im Hotel abgeholt hat?“

„Der verlängerte Arm von Kattarax. Ich hatte Kattarax’ Lieblingsauto geklaut und nicht an die heutigen Möglichkeiten der Technik gedacht. Die wollten mich nach Saint-Tropez zurückbringen.“ Auf ihren Lippen erschien ein kaltes Lächeln. „Ich habe das verhindert.“

„Hab’ davon gehört. Zwei auf einen Streich, was?“

Ihr kaltes Lächeln verwandelte sich in einen Ausdruck der Verwirrung.

„Wie haben Sie denn davon erfahren? Ich glaube mehr und mehr, dass Sie der Richtige sind, mit dem ich in nächster Zeit zusammenarbeiten werde.“

„Ich bin Ihrem Onkel vor Gambinskys Wohnung

begegnet. Ich hatte kurz zuvor eine kleine Unterredung mit dessen letzter Freundin und habe ihr bei der Gelegenheit meine Visitenkarte gegeben. Als ich sie nochmal besuchen wollte, sagte man mir, sie sei von Einbrechern ermordet worden, und das an dem Tag, als ihr Onkel mir mit einem weiteren Mann vor dem Haus begegnet ist. Und ein paar Tage später findet die französische Polizei bei dem toten Onkel meine Visitenkarte und schickt meinen Nachbarn, um sich bei mir zu erkundigen, wie es wohl dazu gekommen ist. Sie sehen, es ist alles mehr oder weniger Zufall."

Die beiden unterbrachen ihre Unterhaltung über ermordete Menschen und andere Verbrechen, als Heidi Habenstein die Getränke brachte. Ein Pils für Falkan, eine Cola light für die schlanke Frau aus England.

„Salat kommt gleich", sagte sie und macht auf der Stelle kehrt. Natalie hob ihr Glas.

„Auf gute Zusammenarbeit."

Falkan stieß mit ihr an und trank mit gemischten Gefühlen. Er sah sich mehr als Mann für das Verbrechen von nebenan, nicht als Ermittler in Kreisen der weltweiten Dummheit. Andererseits hatte ihn das Verbrechen von nebenan schon mal in die Südsee verschlagen und nach Frankreich.

„Wie stellen Sie sich diese Zusammenarbeit vor?"

„Ich dachte mir, wir bringen unser Wissen zusammen und sehen, wohin es führt."

Falkan befestigte im Geist bereits eine neue Tapetenbahn mit der Bezeichnung `junge Frau im roten Ferrari und pensionierter Polizeibeamter mit Dackel´ an der Wand im Arbeitszimmer.

„Und wo wollen Sie wohnen?"

„Bei Ihnen wäre es wohl etwas zu auffällig. Irgendwann würde ich bestimmt ihrem Nachbarn über den Weg laufen, und das versuche ich ja zu vermeiden, also werde ich mir im Spessartblick wieder ein Zimmer nehmen."

„Ich habe der Polizei bei der Befragung nach der Sache auf meiner Veranda gesagt, dass Sie dort abgestiegen sind. Ich werde besser die Wirtin anrufen und sie um einen Gefallen bitten. Sicherlich hat man sie gebeten, Bescheid zu sagen, falls Sie nochmal dort auftauchen."

„Kann man sich auf die Frau verlassen?"

„Sie ist eine alte Freundin, und wenn ich ihr sage, dass Sie eine von den Guten sind, wird sie sicherlich mitspielen."

Als der Salat und gleich darauf die Knoblauchhähnchen gebracht wurden, aßen sie eine Weile schweigend, wobei Falkan immer wieder verstohlen sein Gegenüber betrachtete. Mit ihren blonden Löckchen und der Stupsnase sah sie so gar nicht wie eine Geheimagentin aus, die tote Männer auf französischen Autobahnen zurückließ. Sie wirkte mehr wie die Vorzeigemutter in Werbefilmen aus den fünfziger Jahren. Gleichzeitig versuchte er, sich vorzustellen, wie diese Frau als einsame Rächerin durch Europa streifte, um die Welt zu retten. Alleine.

„Was ist eigentlich mit Ihrem Arbeitgeber? Schicken die Ihnen keine Unterstützung?"

„Wir sind nicht die Polizei, die mit hundert Leuten am Tatort auftaucht." Sie lächelte Falkan über ihren Hähnchenschenkel hinweg spitzbübisch an. „Deswegen heißt es ja auch Geheimagent. Bei uns reicht meistens einer für die Arbeit."

„Also schön, ich habe Ihnen so ziemlich alles gesagt, was ich weiß. Jetzt sind Sie dran. Was haben Sie und Craighton bisher herausgefunden?"

Sie zuckte mit den Schultern.

„Als ich sagte, wir seien dicht dran, meinte ich, dass Hugh bei Gambinsky eine Datei mit Namen und Orten gefunden hat, die uns wahrscheinlich einen Rundumschlag gegen die Organisation ermöglicht hätte. Leider weiß ich nicht, in welcher Form diese Liste existiert und wo sie geblieben ist. Nach den Informationen des MI6 haben die hiesigen Behörden nichts dergleichen bei Hughs Leiche gefunden, nicht mal ein Handy. Das wäre eine erste Aufgabe für Sie. Sie könnten Ihrem Nachbarn mal auf den Zahn fühlen, ob es da vielleicht nicht doch etwas gab, vielleicht etwas, das auf den ersten Blick unwichtig aussah.“

Falkan stellte sich Friedrichsens Gesicht bei der Frage vor, ob die Polizei bei der Leiche eines ausländischen Geheimagenten brisante Informationen gefunden hätte. Dieses Gesicht würde ein sehr überraschtes und danach extrem abweisendes sein.

„Ich kann's versuchen, aber machen Sie sich keine allzu großen Hoffnungen. Der Herr Hauptkommissar ist sehr zurückhaltend, was die Preisgabe von Dienstinterna betrifft.“

„Sie erwähnten bei unserer ersten Unterhaltung einen Mann mit einem Lieferwagen. Könnte der vielleicht eine Spur sein?“

„Könnte er vielleicht, aber leider hat sich die Spur auf einem Rastplatz bei Bamberg verflüchtigt. Er ist verschwunden, nur sein Lieferwagen ist noch da.“

„Da können wir ihn bestimmt vergessen. Die Leute, mit denen wir es zu tun haben, hinterlassen keine Zeugen. Ich weiß, wovon ich rede.“

Natalie dachte mit Schaudern daran, was Kattarax bei seinem kleinen Ausflug mit ihr angestellt hätte, wenn sie sich nicht seinen Ferrari geborgt hätte. Falkan stocherte in seinem Salat herum und ging in Gedanken sämtliche Personen durch, mit denen er seit Mikes Verdacht zu tun gehabt hatte. Am Ende blieben nur Meier und die Frau vom Flugplatz übrig und…

„Es gibt da noch einen Ort in der Nähe, von dem aus Lohfink, das ist der mit dem Lieferwagen, vor zwei Tagen seine letzte Fahrt unternommen hat. Ich hatte noch keine Gelegenheit, mich nach dem Eigentümer zu erkundigen. Möglicherweise ist es auch dieser Meier.“

„Dann sollten wir Herrn Meier nochmal einen Besuch abstatten. Was meinen Sie?“

Falkan pikste sich eine Tomate aus dem Salat.

„Das wäre das nächste, was ich getan hätte. Haben Sie heute Abend noch etwas vor?“

„Ehrlich gesagt bin ich ziemlich müde. Ich habe in letzter Zeit wenig geschlafen. Ich hole Sie morgen früh um zehn ab, okay?“

Falkan nickte zustimmend.

„Gut, und ich werde noch einen kurzen Abstecher in die Nachbarschaft machen. Vielleicht erwische ich meinen Freund Benji ja in auskunftswilliger Stimmung.“

Friedrichsen hing in lässiger Haltung im Sessel, hatte die Beine von sich gestreckt und grinste Falkan belustigt an. Im Fernseher lief `Piraten der Karibik´.

„Sonst noch was?“

Falkan hatte sich geirrt. Friedrichsens Gesichtsausdruck war keineswegs abweisend oder überrascht, er zeugte lediglich von ungläubigem Unverständnis, dass der Zivilist von nebenan sich traute, mit einem solchen Ansinnen an ihn heranzutreten.

„Nein“, antwortete Falkan frech, wohlwissend, dass die Verhandlungen hart werden würden.

„Dann ist's ja gut“, sagte Friedrichsen und griff nach

seinem Bier, ohne sich weiter um den späten Gast zu kümmern. Seine Frau Simone betrat mit einer Tüte Chips den Raum.

„Willst du?"

Sie hielt Falkan die Tüte hin.

„Danke, Simone, hab' gerade gegessen. Das einzige, nach dem ich Hunger habe, ist eine kleine Information von deinem Mann."

„Vergiss es." Diesmal verließ Friedrichsen seine legere Position und setzte sich im Sessel auf. „Warum interessiert dich das jetzt überhaupt? Weißt du wieder mal mehr, als du sagst?"

„Nichts weiß ich, deswegen frage ich ja. Ich dachte mir nur, jetzt, da ich sozusagen meine ganze Tapetenbahn vor dir ausgebreitet habe, könntest du dich mit einer kleinen Nebensächlichkeit revanchieren." Falkans Stimme nahm einen fast flehenden Klang an. „Na komm' schon, Benji, lass' mich nicht dumm sterben. Ich brauche doch etwas, über das ich mir Gedanken machen kann."

„Mach' dir Gedanken drüber, wo du dieses Jahr die Tomaten hinsetzt."

„Hab' ich schon. Du weißt, was ich meine. Ich bin immer noch der Meinung, dass der Tote von der Autobahn und meine Recherchen etwas miteinander zu tun haben. Wenn ich etwas mehr über den Toten wüsste, hätte ich was, über das ich mir beim Einschlafen Gedanken machen kann. Leute in meinem Alter haben Schwierigkeiten mit dem Einschlafen, weißt du?"

Friedrichsen seufzte.

„Also schön, aber viel zum Nachdenken gibt es nicht. Der Mann hatte außer seinem Ausweis und Bargeld nichts bei sich. Zufrieden?"

„Na ja, irgendwelche streng geheimen Unterlagen wären mir lieber gewesen."
Diesmal dreht sich Friedrichsen sogar zu Falkan um.
„Streng geheime Unterlagen? Wie kommst du denn auf so etwas?"
Falkan wurde bewusst, dass er sich einen Patzer geleistet hatte. Friedrichsen hatte nur gesagt, dass das Unfallopfer ein ausländischer Kollege sei. Von Geheimdienst war nicht die Rede gewesen.
„Das würde der Sache doch ein wenig Würze verleihen", versuchte er, seinen Versprecher zu bereinigen. „Ich meine, der Mann war Engländer. Die sind doch irgendwie alle beim Geheimdienst oder bei Scotland Yard."
Sein unschuldiges Lachen schien Friedrichsen zu beruhigen. Er sank wieder in seinen Sessel.
„Ach Kurt, deine Probleme möchte ich haben."
„Habt ihr eigentlich diese Lagerhalle im Gewerbepark Birkenhain überprüft?"
„Du solltest wieder anfangen zu arbeiten, dann könntest du wenigstens Feierabend machen", riet Friedrichsen dem Freund und drehte den Ton des Fernsehers lauter.
Falkan wertete dies als Zeichen, dass die Frage- und Antwortstunde für heute beendet war.
„Ich finde alleine raus. Macht's gut."

Kapitel 8

Verärgert schleuderte Armand Kattarax das Telefon auf die Planken der `Mannouche II´. Es zerbarst beim Aufprall. Die nächste schlechte Nachricht. Zuerst Briganz und Fichtner, jetzt Breller. Wenigstens hatte er den Ferrari wieder, doch das beruhigte ihn nur unwesentlich. Verfluchte Natalie. Mit ihr hatte die ganze Scheiße angefangen. Kattarax wusste, dass die Leute, für die er arbeitete und die dafür sorgten, dass er sich eine so schöne Yacht leisten konnte, ihn im Auge behielten. Gambinskys Tod hätte ihm eine Warnung sein sollen. Gambinsky war kein Mann, der so einfach aus dem Fenster fiel. Möglicherweise war die Frau in Gambinskys Wohnung genauso eine Laus gewesen wie die, die sich Kattarax selbst vor ein paar Wochen ins Fell gesetzt hatte. Wenigstens hatten Briganz und Breller dieses Problem noch gelöst, bevor sie selbst ins Gras gebissen hatten, wofür höchstwahrscheinlich auch dieses Miststück Natalie verantwortlich war.
Kattarax stand auf und starrte zornig auf die Überreste seines Handys. Er musste aufpassen, dass er nicht genauso endete. Die Leute, für die er arbeitete, hatten keinen Humor, und wenn die Dinge erst begannen schiefzulaufen, konnte man sich am Ende vielleicht dafür entscheiden, jemand anderes als ihn mit der Aufgabe zu betrauen, alles an seinen Platz zu bringen. Und zwei Leute von seiner Sorte brauchten seine Auftraggeber nicht, also musste er unbedingt dafür sorgen, dass die Dinge wieder in Ordnung kamen.
Kattarax atmete tief durch, ging unter Deck und wählte mit einem seiner anderen Telefone Simons Nummer. Simon Hetzel war einer seiner ältesten Freunde. Sie hatten zusammen als Kurierfahrer angefangen und sich

allmählich durch diverse verschwundene Ladungen nach oben gearbeitet.

„Wo bist du?“

„Istanbul.“

„Ich brauche dich in Deutschland.“

„Wann?“

„Letzte Woche.“

„Was ist los?“

„Die Lieferkette bröckelt.“

„Gambinsky?“

„Ist tot.“

Kattarax schilderte Hetzel die Lage, wie sie sich seit Briganz’ und Brellers Besuch auf der `Mannouche´ vor zwei Wochen und Natalies anschließender Flucht entwickelt hatte.

„Weißt du, für wen sie arbeitet?“

„Sicher nicht für die Russen oder die Iraner. Unsere Auftraggeber haben die Vermutung, dass verschiedene westliche Geheimdienste sich für uns interessieren. Wahrscheinlich kommt sie von den Amis oder den Engländern.“

„Und was soll ich jetzt tun?“

„Unsere Auftraggeber wollen, dass wir uns erstmal selbst um die Probleme kümmern. Du weißt, was es bedeutet, wenn die sich einschalten. Dann sind wir weg vom Fenster.“

„Alles klar, ich kümmere mich drum. Ich hoffe nur, die Probleme sind noch überschaubar.“

„Bis jetzt ist da nur Natalie und ein toter Mann, der sich für eines unserer Lager interessiert hat. Und dann ist da noch ein Privatschnüffler, dessen Visitenkarte in Gambinskys Wohnung aufgetaucht ist. Ich schicke dir alle Daten, und ein Bild von Natalie.“

Falkan hatte sich am alten Stromhäuschen in der Hauptstraße mit Natalie verabredet, da er nicht riskieren wollte, dass Friedrichsen zufällig aus dem Fenster sah. Natalie hatte sich am Frankfurter Flughafen bei Europcar einen weinroten Corsa gemietet, mit dem sie Falkan abholte.

„Craighton hatte nichts bei sich, nicht mal ein Handy."

„Und er hat sich seit unserem letzten Telefonat auch nicht mehr mit London in Verbindung gesetzt. Wir haben nichts außer einer Wohnung ohne Bewohner in Frankfurt und einer leeren Garage." Natalie gab Gas. „Nicht gerade viel."

„Mal nicht so pessimistisch", widersprach Falkan. „Wir haben immer noch Herrn Meier und die Halle im Gewerbepark Birkenhain."

„Ich würde mir gerne erstmal die Stelle ansehen, an der Hugh…gestorben ist."

„Das liegt auf dem Weg. Fahren Sie oben an der Kreuzung links, ich sag' Ihnen dann, wie es weitergeht. Was wollen Sie denn dort?"

„Weiß nicht. Vielleicht Sentimentalität, vielleicht Neugier, vielleicht auch nur fürs Allgemeinbild. Vielleicht hoffe ich aber auch, dass irgendetwas dort herumliegt, das die Polizei übersehen hat."

Falkan stieß einen leisen Pfiff aus.

„Das ist jetzt wiederum etwas zu optimistisch. Aber das Allgemeinbild ist auch für mich stets ein Grund, mir bestimmte Orte anzusehen, die auf bestimmte oder unbestimmte Art mit meinen Fällen zu tun haben. Ich habe übrigens vorhin einen alten Freund bei der Frankfurter Polizei angerufen. Gambinskys Freundin hatte mir gesagt, dass er all seine Geschäfte nur mit einem Laptop erledigt hat. Die Polizei hat nach seinem Tod aber keinen gefunden."

Falkan hatte sich während des Frühstücks an Gambinskys Laptop erinnert und Robert Zappert danach gefragt. Es war ein hartes Stück Arbeit gewesen. Zappert nahm mehr und mehr Friedrichsens unangenehme Gewohnheiten an. Und gebracht hatte es auch nichts. Kein Laptop in Gambinskys Wohnung.

„Vielleicht hat Craighton ihn bei Gambinsky mitgenommen."

„Er wird ihn aber kaum dabeigehabt haben, als er auf der Autobahn herumgeturnt ist. Dort bei der Kreissparkasse müssen wir wieder links."

Fünf Minuten später parkte Natalie den Corsa neben der Leitplanke, hinter der Hugh Craighton den Tod gefunden hatte. Die Autos rauschten in Richtung Frankfurt vorbei. Die Hände um das Lenkrad verkrampft, starrte sie durch die Windschutzscheibe.

„Die Polizei ist der Meinung, dass man ihn aus einem fahrenden Auto geworfen hat."

Falkan wurde hellhörig.

„Ach. Da wissen Sie mehr als ich. Mir hat mein Freund und Nachbar davon nichts gesagt."

„Sie wissen doch, Herr Falkan. Geheimagent."

„Na ja, ich habe ihm ja auch so einiges verschwiegen. Allerdings hat damals noch nichts darauf hingedeutet, dass Craightons Tod und meine Recherchen in dieser Garagensache etwas miteinander zu tun haben." Er deutete auf das Gebäude, in dem Mikes 'FdZ' GmbH untergebracht war. „Dort drüben arbeitet mein Freund Mike. Er hatte den Verdacht, dass in seinem Hinterhof etwas nicht mit rechten Dingen zugeht. Inzwischen dürfte klar sein, dass Craighton sich in dieser Garage umgesehen hat und dabei irgendjemandem begegnet ist, den das gestört hat. Ich wette, Ihr Kollege ist nicht aus einem fahrenden Auto auf die Piste geworfen worden, sondern von hier aus über die Leitplanke. Mike hat dort in der Dunkelheit einen Mann stehen sehen, der kurz nach dem Unfall spurlos verschwunden ist. Ich könnte mir durchaus vorstellen, dass der etwas mit dem Unfall zu tun hatte."

Sie verließen den Corsa und traten an die Leitplanke. Natalies Blick glitt suchend über den Boden, als hinter ihnen Dieselgeräusch ertönte. Falkan drehte sich danach um und sah erstaunt einen weißen Kleintransporter langsam vorbeirollen. Das Fahrzeug blieb vor Mikes Firma stehen. Kurz darauf kamen Michael Grebner und Nils Hajek heraus und begrüßten den Fahrer mit freudigen Gesichtern. Auch wenn er es sich nicht hätte vorstellen können, war Falkan erleichtert, dass es nicht Bernd Lohfink war.

Als Mike Falkan an der Leitplanke stehen sah, kam er herüber.

„Hallo Kurt, gibt's was Neues von Lohfink?"

Dabei warf er einen fragenden Blick auf die Frau an Falkans Seite.

„Nein, ich dachte schon, er wäre gerade bei euch vorgefahren. Das ist übrigens Natalie Wicket. Sie war eine Kollegin des Opfers."

Falkan deutete mit dem Daumen hinter sich.

„Dann sind Sie auch so eine Art Polizistin?"

„So eine Art, ja."

Mike nickte zur Begrüßung und sah zurück zur Firma, wo Nils und der Fahrer soeben in der Halle verschwanden.

„Ich muss zugeben, das hat ein bisschen was von einem Déjà-vu, aber in unseren Kisten sind nur kleine, harmlose Propeller. Nils ist ein Genie. Er hat einen Kunden aufgetan, der fast die ganze Produktion von zwei Wochen aufkauft. Wenn das so weitergeht, sind wir in ein paar Monaten aus den roten Zahlen."

Nils und der Fahrer kamen jeder mit einem Pappkarton beladen zurück und schoben ihre Kisten in den Transporter.

„Mike baut Propeller für Drohnen", setzte Falkan Natalie ins Bild. Sie nickte schweigend.

„Wollt ihr mit reinkommen? Ich habe gerade eine Kanne Kaffee aufgesetzt."

Natalie und Falkan sahen sich an.

„Nein, wir müssen weiter. Wir wollen diesem Meier noch einen Besuch abstatten. Dein Schwager wollte nicht damit heraus, wer der Vermieter der Halle in Birkenhain ist."

Natalie deutete auf die `FdZ´.

„Ist Ihr Gebäude auch angemietet?"

„Ja, aber wenn die Geschäfte so weitergehen, können wir's uns vielleicht bald leisten, ein eigenes Werk auf die Beine zu stellen", freute sich Mike, winkte zum Abschied und ging zurück, um Nils und dem Fahrer beim Beladen zu helfen.

„Wieso haben Sie denn gefragt, ob Mikes Halle gemietet ist?", fragte Falkan verwundert.

„Weil die Leute, hinter denen wir her sind, wie gesagt, das Embargo gegen Russland und andere Aggressoren umgehen, und zu den Gerätschaften, die dieses Embargo umfasst, gehören zum großen Teil auch Drohnen und deren Bauteile."

Sie entlockte Falkan mit ihrem spontanen Verdacht ein belustigtes Grinsen.

„Also, das können Sie vergessen, Frau Bond. Für Mike lege ich meine Hand ins Feuer. Als er und sein Freund ihre kleine Firma eröffnet haben, herrschte in der Garage dahinter bestimmt schon lustiges nächtliches Treiben." Falkan erinnerte sich an seinen Besuch vor

Ort. „Ich war mal dort, als die Vögel kurz nach dem Unfall ausgeflogen waren und habe eine Banderole mit so einer komischen Schrift drauf gefunden. Ich habe ein wenig in der indischen Gastronomie und im Internet recherchiert und herausgefunden, dass es dabei um eine Firma Hondalco Industries Ltd. aus Mumbai geht. Die haben was mit Aluminium und Kupfer zu tun und gehören einem Milliardär namens Bungala oder so ähnlich.“

Natalie zog die Augenbrauen hoch.

„Kumar Bangala, sieh’ an. Der Name dieses feinen Herrn tauchte in den letzten Monaten schon öfters auf. Meistens in den Klatschspalten der Regenbogenpresse, manchmal aber auch in den inoffiziellen Unterlagen des MI6. Er steht, natürlich nur hinter vorgehaltener Hand, im Verdacht, mit gewissen Kräften befreundet zu sein. Bei solch einflussreichen Menschen muss man mit Verdächtigungen vorsichtig sein. Ist nicht gut für die Karriere.“

„Ich wette, er ist näher an einem Verdächtigen dran als Mike und sein Freund Nils.“

„Besonders, wenn man bedenkt, dass er seine Milliarden mit Aluminium und Kupfer gemacht hat, und das ist das Zeug, ohne das die Raketen der bösen Leute nicht fliegen.“ Sie warf einen flüchtigen Blick zum Transporter, wo die drei Männer immer noch am Beladen waren. „Und Drohnen auch nicht.“

„Vergessen Sie’s.“ Falkan ging zurück zum Corsa. „Wollen wir?“

Nach einem letzten suchenden Blick entlang der Leitplanke folgte Natalie Falkans Aufforderung.

„Keiner zuhause."

„Der Chevy ist auch weg. Und anrufen geht auch nicht. Meier hat weder Internetseite noch einen Eintrag im Telefonbuch."

Natalie betätigte zum letzten Mal die Klingel.

„Für eine Beratungsfirma ein recht ungewöhnlicher Auftritt."

Falkan entfernte sich ein paar Meter vom Haus und blickte hinauf zu dem Fenster, hinter dem er Meiers Küchenbüro wusste.

„Bei solchen Gelegenheiten erkundige ich mich immer gerne bei den Nachbarn."

„Ist zwar nicht mein Stil, aber…"

Natalie betätigte den Knopf neben `Meier Consulting´. Kurz darauf wurde ein Fenster im Erdgeschoss aufgerissen. Eine ältlich aussehende ehemalige Blondine streckte den Kopf heraus.

„Was gibt's?"

„Wir wollten zu Meier."

„Und warum klingeln Sie dann bei mir?"

Eine nicht unberechtigte Frage, wie Falkan fand, die einer Erklärung bedurfte.

„Er scheint nicht da zu sein. Vielleicht wissen Sie, wo er ist?"

„Nee, weiß ich nicht. Der Waldemar ist oft unterwegs."

Ohne weitere Worte wurde das Fenster wieder geschlossen.

„Die Nachbarn waren diesmal wohl keine besondere Hilfe", grinste Natalie.

„Sagen Sie das nicht." Falkan zückte sein schwarzes Notizbuch. „Wir kennen jetzt immerhin den Vornamen von Herrn Meier."

Natalie zog eine zweifelnde Schnute.

„Und was bringt uns das?"

„Vordergründig nichts, aber fürs Allgemeinbild, das wir beide ja so mögen, ist es doch recht interessant. Waldemar ist die deutsche Version von Wladimir, was darauf schließen lässt, dass die Wurzeln unseres Herrn Meier weit östlich von Frankfurt an der Oder liegen. Und dort wohnen doch die Leute, die von der Umgehung der Sanktionen zur Einfuhr von Halbleitern und ähnlichem profitieren.“

„Sehen Sie. Gut, dass wir uns zusammengeschlossen haben. Einer Engländerin wäre das nicht aufgefallen. Was machen wir jetzt?“

„Die nächste Option wäre die Halle in Birkenhain. Ich würde aber vorher gerne bei unserer Gemeindeverwaltung vorbeischauen. Meier sagte mir, dass er früher dort auf dem Bauamt gearbeitet hat, bevor er ins Immobiliengeschäft eingestiegen ist. Vielleicht wissen seine ehemaligen Kollegen ja etwas mehr über ihn.“

Natalie sah auf die Uhr.

„Dann lasse ich Sie dort raus und fahre weiter zu dieser Halle.“ Sie betrachtete Falkan mit dem ihm so bekannten ʻwas denn, Sie sind Privatdetektiv Blickʼ.

„Ich will Ihnen ja nicht zu nahe treten, aber…“

Falkan winkte ab.

„Ich weiß, ich weiß, auf fremdem Gelände herumzuturnen ist nichts für ältere Herren.“

Sie lächelte sanft.

„Dann sind wir uns ja einig.“

„Waldemar Meier?“ Die Dame vom Bauamt zog die Stirn in Falten. „Sagt mir gar nichts.“

„Es kann schon einige Jahre her sein.“

Während sie überlegte, sah Falkan aus dem Fenster hinunter auf den Vorplatz. Beim Anblick der zusammengeklappten Sonnenschirme, drüben bei den Bänken des `Buxbaum´, regte sich in ihm ein Gefühl der Sehnsucht nach Sommer und kaltem Weizenbier.

„Nein, also ich erinnere mich wirklich nicht. Jenny!"

„Ja?", kam es durch die offene Tür aus dem Nebenzimmer.

„Hat bei uns mal ein Waldemar Meier gearbeitet? Kann schon ein paar Jahre her sein."

Kurzes Schweigen, dann kam ihre Kollegin aus dem anderen Büro herüber.

„Wir hatten mal einen Meier, ja. Der war aber nicht hier im Amtshof, der hat im Bauhof gearbeitet, aber nicht für lange, glaub' ich. Da war was." Sie sah Falkan an. „Sie sind doch unser Ortsdetektiv, nicht? Ermitteln Sie etwa gegen den?"

„Gäbe es denn etwas zu ermitteln?"

Sie wiegte den Kopf.

„Ich sag' ja, da war was, ich weiß aber nicht mehr, was es war." Sie griff nach dem Telefon ihrer Kollegin und wählte die Nummer des Bauhofs. Einige `Ahas´ und `Ohs´ später legte sie wieder auf. „Der Kollege erinnert sich noch sehr genau. Der Meier, er hieß tatsächlich Waldemar, hat damals mit einem Kollegen auf dem Friedhof sauber gemacht und hat die Anhänger mit den Maschinen über Nacht dort stehen lassen. Am nächsten Tag waren die Anhänger weg, mit zwei Mähern und einem Kleinbagger. Es hieß wohl, die beiden hätten sie selbst in der Nacht geklaut, aber man konnte es ihnen nicht nachweisen. Aber rausgeschmissen haben sie die natürlich doch. Wer lässt denn Geräte im Wert von ein paar Tausend Euro einfach so in der Gegend stehen?"

Falkan bedankte sich bei den beiden Mitarbeiterinnen, stieg nachdenklich die breite Treppe ins Parterre hinab und fragte sich, ob Meier seine `große Erbschaft´ mit solchen Diebstählen finanziert hatte. Allerdings musste man schon einige Rasenmäher klauen, um sich so viele Grundstücke kaufen zu können, wie Meier vorgab zu besitzen.

Unten angekommen nickte Falkan der Frau an der Information zum Abschied zu. Er hatte schon die Klinke der schweren Holztür in der Hand, wurde jedoch durch die Nennung seines Namens zurückgehalten. Er wandte sich in die Richtung, aus der er gerufen wurde.

„Frau Bathon. Guten Tag.“

Er hatte die Frau vom Einwohnermeldeamt kennengelernt, als er sich nach dem alten Arnoldhaus erkundigt hatte.

„Ich hab‘ Sie zufällig die Treppe runterkommen sehen, Herr Falkan. Sie waren doch vor ein paar Wochen bei mir und haben mich nach diesem leerstehenden Haus gefragt.“

„Allerdings. Gibt’s denn was Neues?“

In Falkan entflammte ein Funken Hoffnung.

„Das wollte ich eigentlich Sie fragen“, löschte sie den Funken mit wenigen Worten. „Es hat sich noch niemand bei uns gemeldet, und die Einschreiben, die ich aufgrund Ihrer Angaben an diesen Falkenberg geschickt habe, kamen ungeöffnet zurück. Unser Ordnungspolizist hat auch nur ein leeres Grundstück ohne eine Spur von Bewohnern vorgefunden. Sie haben nichts von dem Mann gehört, oder?“

„Tut mir leid, nein. Ich war selbst nochmal dort, aber es war niemand da. Allmählich glaube ich, dass dieser Mensch mich aus irgendeinem Grund an der Nase herumgeführt hat. Aber falls sich doch noch etwas ergibt, rufe ich Sie an.“ Er zückte eine seiner Karten. „Und falls er sich doch noch melden sollte, wäre ich

Ihnen dankbar für eine Nachricht."

Auf dem Heimweg pendelten Falkans Gedanken zwischen den Herren Meier und Falkenberg hin und her. Meier war wohl doch nicht der biedere Bürohocker, für den er ihn bisher gehalten hatte, und Falkenberg, na ja, war eben weg, und er hatte nicht mal den Ansatz einer Ahnung, für was er den halten sollte.

Meier konnte er sich greifen, sobald der Chevy Tahoe wieder vor der Tür stand, von Falkenberg dagegen war nur die angebliche Adresse bekannt und der Arbeitsplatz, vorausgesetzt, man konnte sich wenigstens in diesem Punkt auf ihn verlassen.

Der Arbeitsplatz.

Falkan beschleunigte seine Schritte. Es war zwar unnötig – schließlich hatte er die Akte `Arnoldhaus´ bereits zugeklappt – aber um seine persönliche Neugierde zu befriedigen, hielt Falkan es für unumgänglich, etwas mehr über diesen geheimnisvollen Herrn zu erfahren. Er hielt es sogar für so unumgänglich, dass er sich zwei Stunden später auf dem Besucherparkplatz des Europäischen Raumflugkontrollzentrums in Darmstadt einfand.

Natalie hatte sich noch nicht gemeldet – er hatte sie auch auf dem Handy nicht erreicht – und telefonisch hatte man ihm in Darmstadt keine Auskunft über Mitarbeiter der ESA geben wollen. So hatte er sich kurzentschlossen ins Auto gesetzt und war nach Darmstadt gefahren, um Licht ins Dunkel um seinen ehemaligen und kurzzeitigen Klienten Jens Falkenberg zu bringen. Auf dem Weg hatte er noch zwei Mal vergeblich versucht, die Agentin zu erreichen.

Es war die öffentliche Führung von fünfzehn bis sechzehndreißig, der Falkan sich anschloss. Die zwölf Euro und fünfzig Cent würde er Falkenberg auf die

Rechnung setzen, sollte er ihn jemals erwischen.

Gleich während der Filmeinführung zu Anfang des Rundgangs stahl er sich in die Nähe des jungen Mannes, der die Gruppe führte, doch der hatte den Namen Falkenberg noch nie gehört. Sicherlich ein Physikstudent, der sich nebenbei ein paar Euro damit verdiente, dem normalen Volk die Sterne etwas näher zu bringen.

So suchte Falkan das Gespräch mit den Menschen, die ihm beim Gang durch die verschiedenen Kontrollräume begegneten. Es war Freitagnachmittag, der Personalbestand schien Falkan für so eine wichtige Institution recht ausgedünnt, doch zwischen leeren Stühlen saßen hier und da noch Männer und Frauen vor ihren Knöpfen und Schaltern, die Blicke auf die Galerien von Bildschirmen an den hohen Wänden gerichtet. Manchmal fing Falkan einen dieser Blicke auf, und er versuchte, seine Frage an den Mann oder die Frau zu bringen. Meistens erntete er jedoch nur ein entschuldigendes Lächeln oder ein Schulterzucken. Im Hauptkontrollraum hatte er endlich Glück.

„Falkenberg? Klar kenn' ich den. Jens und ich haben an der Goethe Uni Physik studiert. Was ist denn jetzt schon wieder mit dem armen Kerl?"

Der Mann war mit seiner runden Nickelbrille und dem schütterem Haar der Prototyp des Wissenschaftlers. Fehlte nur noch der weiße Kittel.

„Warum? Was war denn mit ihm?"

„Wissen Sie das denn nicht? Warum fragen Sie denn dann nach ihm?"

„Er hat mich vor einigen Wochen gebeten, etwas für ihn zu erledigen, aber seit damals habe ich ihn nicht mehr gesehen und kann mich auch nicht mit ihm in Verbindung setzen. Wissen Sie denn, wo er wohnt, oder haben Sie seine Telefonnummer?“

Die Gruppe war inzwischen weitergegangen, doch Falkans Interesse galt Jens Falkenberg, nicht der Raumsonde Rosetta oder einem Modell der ISS.

„Nein, tut mir leid, aber nach der Sache mit seiner Frau hat er sein Haus verkauft und sich zurückgezogen. Seit er hier gekündigt hat, habe ich nichts mehr von ihm gehört. Ich habe vor ein paar Monaten mal versucht, ihn anzurufen, aber seine Handynummer gibt's nicht mehr.“

„Was war denn mit seiner Frau?“

Der Mann nahm seine Nickelbrille von der langen Nase und sah Falkan fragend an.

„Sie sagten doch, Sie hätten etwas für ihn erledigen sollen. Hatte das denn nichts mit seiner Frau zu tun?“

„Ich kenne seine Frau nicht. Die beiden haben scheinbar ein Haus in dem Ort gekauft, wo ich wohne, und er bat mich, etwas über das Haus herauszufinden. Ich bin Privatdetektiv.“

„Ein Haus gekauft? Die beiden?“ Seine Augen wurden zu zweifelnden Schlitzen. „Kann ich mir nicht vorstellen. Marianne ist doch vor über zwei Jahren verschwunden. Deswegen ist er doch so durchgedreht.“

„Verschwunden?“

„Ja. Sie ist irgendwann mal nicht mehr nach Hause gekommen. Sie wollte wohl zu ihrer Mutter, doch da war sie nicht. Es hat wochenlang in der Zeitung gestanden, mit Bild und allem. Jens war schon immer etwas speziell, aber danach hat er dann total abgebaut. Wie gesagt, Haus verkauft, gekündigt, und weg war er.“

„Was meinen Sie mit speziell?“

Es war nur eine Frage fürs Allgemeinbild, aber was der Mann da erzählte, ließ darauf schließen, dass an dem

Fall Arnoldhaus vielleicht doch mehr dran war als ein
Missverständnis zwischen Detektiv und Klient.
Vielleicht würde die Sache ja doch noch interessant
werden.

„Na ja, es gibt doch immer mehr von diesen
Verschwörungstheorien, und Jens war, wie soll ich
sagen, etwas anfällig dafür, was natürlich einem Job
wie unserem nicht gerade zuträglich ist. In den letzten
Jahren ist es immer schlimmer geworden. Vielleicht ist
Marianne ja deshalb abgehauen."
Verschwörungstheorien, dacht sich Falkan, würden
irgendwie zu dem Mann passen, den er im Hof des
Arnoldhauses kennengelernt hatte. Sich von
Geisterhand bewegende Gerätschaften, Gespenster aus
der Vergangenheit, unbekannte Besucher in der Nacht.
Womöglich doch grüne Männchen?
„Sie sagten, er habe sein Haus verkauft. Wissen Sie
denn, wo er hingezogen ist?"
Der Mann schüttelte ungeduldig den Kopf.
„Keine Ahnung. Fragen Sie doch mal im Personalbüro
nach." Er deutete auf einen der Bildschirme vor sich.
„Ich muss jetzt mal weitermachen. Sentinel 5 braucht
ein kleines Update."
Falkan nickte dankend und zog sich wortlos zurück. Er
wollte der Erforschung des Weltraums nicht im Wege
stehen und musste sich außerdem zum Personalbüro
durchfragen, wo man ihm jedoch, wie er eine halbe
Stunde später auf dem Besucherparkplatz neben seinem
Firebird konstatieren musste, auch nicht weiterhelfen
konnte. Seit Falkenberg vor über einem Jahr gekündigt
hatte, war er verschwunden. Keine Adresse, keine
gelegentlichen Anrufe, nichts. Die Dame im Büro
vermutete – und das nur aufgrund eines persönlichen
Gesprächs mit Falkenberg vor einigen Jahren – dass er

irgendwo bei Verwandten in Amerika abgeblieben sein könnte. Was wiederum – und das war auch nur eine Vermutung Falkans – auf die ausgewanderten Arnolds hindeuten könnte.

Ahnen, vermuten, nichts wissen.

Nur ein wenig schlauer als auf dem Herweg machte Falkan sich auf den Heimweg. Zuvor hatte er nochmal erfolglos versucht, Natalie zu erreichen. Sie war nun schon vor Stunden nach Bernbach gefahren. Mit jedem Kilometer wuchs Falkans Sorge um die junge Frau.

Es wurde auch nicht besser, als er von zuhause aus im `Spessartblick´ anrief und man ihm sagte, dass Frau Wicket am Morgen das Haus verlassen hatte und seitdem nicht mehr gesehen worden war. Falkan kannte Natalie Wicket, die auf einer Autobahn in Frankreich für diverse Leichen gesorgt und ohne jeden Skrupel auf seiner Veranda einen Mann erschossen hatte, erst kurze Zeit. Dennoch fühlte er sich irgendwie – vielleicht aufgrund seines Alters und seiner Lebenserfahrung oder weil sie sich Hilfe suchend an ihn gewandt hatte – für die junge Frau verantwortlich, obwohl sie, wie die Ereignisse der letzten Wochen bewiesen hatten, ganz gut auf sich selbst aufpassen konnte.

Dieses Verantwortungsgefühl und die Sorge veranlassten Falkan, seine alte Walther PPK aus der Kiste mit den Stoffresten zu holen und nach Bernbach zu fahren. Nur kurz hatte er überlegt, ob er sich Verstärkung mitnehmen sollte, doch Friedrichsen würde wieder maulen, dass Falkan ihm seine Bekanntschaft mit Natalie verschwiegen hatte, Mike war bestimmt noch bei der Arbeit, und Hannes Larrosch war älter als er selbst und für abendlichen Außendienst mit Waffe noch weniger tauglich als er.

Als Falkan bei der Halle im Gewerbepark Birkenhain ankam, dämmerte es bereits. Er parkte etwas die Straße hinunter und schlich sich an das Grundstück heran. Anders als vor ein paar Tagen, als er zusammen mit Mike Grebner Lohfink gefolgt war, waren die Fenster alle dunkel. Natalies Corsa war nirgends zu sehen. Bis er an der Halle vorbei war, hielt Falkan sich auf der anderen Straßenseite, weit genug entfernt, um nicht ins Sichtfeld der Kameras oben unterm Hallendach zu geraten. Dann ging er mit gesenktem Kopf zur Hinterseite der Halle, von wo aus Mike bei ihrem ersten Besuch auf das Grundstück gelangt war. Falkan registrierte erleichtert, dass es auch hier hinten keine Spur vom roten Corsa gab.

Etwas ratlos stand er am Zaun und blickte zu den Tonnen, die an der Hinterwand unter den hohen Fenstern standen. Mike hatte sie beim letzten Mal erklommen, um einen Blick in das Innere zu erhaschen, aber er war nicht Mike, und das Überwinden des Zauns war eine Hürde, die Falkan gar nicht erst versuchte, in Angriff zu nehmen. Die geladene Walther in seiner Hosentasche war in dieser Situation auch nicht weiter hilfreich.

Falkan fragte sich angesichts des abendlichen Friedens, der um das Gebäude herrschte, was er eigentlich erwartet hatte, zu finden.

Natalie an einen Pfahl gebunden, wartend auf ihn, um die bösen Jungs mit der Waffe niederzustrecken, um sie zu befreien?

Eine Versammlung feindlicher Spione, die es galt, aus dem Land zu vertreiben?

Abfahrbereite Lastkraftwagen, bepackt mit Marschflugkörpern und Interkontinentalraketen?

Unentschlossen, was er tun konnte, zückte er sein

Telefon und wählte zum zigsten Mal Natalies Nummer. Sie meldete sich nicht. Falkan lauschte in die Stille, doch entgegen seinen Erwartungen – jedoch auch zu seiner Erleichterung – kam kein leiser Klingelton aus irgendeiner Ecke.

Resigniert ließ er das Handy in die Tasche rutschen und wandte sich zum Gehen, als sein Blick auf einen dunklen Hügel an der Grenze zum Nachbargrundstück fiel. Näher betrachtet war da etwas abgedeckt, in einem Gewerbegebiet wie diesem wahrscheinlich Baumaterialien, die auf ihre Verarbeitung warteten. Falkan zog das Telefon wieder aus der Tasche und schaltete die Taschenlampe an. Vielleicht waren es ja auch Raketenreste oder elektronischer Bauteileschrott. Das wäre immerhin etwas für die Tapetenbahn. Nach einer Weile, als die Augen sich an die Lichtverhältnisse gewöhnt hatten, entdeckte Falkan unter einem Zipfel der Plane etwas, das nach einem Stück Autoreifen aussah. Er ging zum Ende des Zauns und streckte seine Hand mit dem Handy zwischen die Gitterstäbe, um die Plane besser ausleuchten zu können. Es war eine alte, abgenutzte Plane, zerknittert und löchrig, und durch eines der Löcher an der Seite fiel das Licht auf etwas Rotes. Falkan konzentrierte sich auf dieses Loch, und je länger er hinsah, desto sicherer war er, dass dieses Rot das gleiche war wie das Rot von Natalies Corsa.

Falkan löschte das Licht, trat ein paar Schritte zurück und betrachtete sich das Hindernis zwischen sich und der Gewissheit. Nein, diesen Zaun würde er nicht überwinden können. Angespornt von der Sorge um Natalie eilte er zur Vorderseite und rüttelte – Kamera hin, Kamera her – an dem großen Tor, doch es war so verschlossen wie beim letzten Mal.

Falkan holte tief Luft. Er musste nicht lange überlegen.

Es ging jetzt um mehr als die kleinen Geheimnisse
zwischen ihm und den offiziellen Ermittlungsbehörden.
Entschlossen wählte er Friedrichsens Nummer.

Kapitel 9

„Wir haben sie.“

„Bin gerade in Frankfurt gelandet. Dann kann ich ja gleich wieder umkehren. Ich hab' in Istanbul noch einiges zu erledigen.“

„Nein“, bellte Kattarax schroff ins Telefon. Seine Nerven hatten in den letzten Tagen arg gelitten. „Ich will, dass du dich weiter darum kümmerst. Ich will jemanden an der Front, dem ich vertrauen kann.“

„Danke“, sagte Simon Hetzel wenig geschmeichelt, „aber was soll ich mich noch kümmern? Sie muss doch nur verschwinden. Für so etwas bin ich, denke ich, etwas überqualifiziert.“

„Sie verschwindet erst, wenn wir wissen, wer ihre Auftraggeber sind“, sagte Kattarax gereizt. „Außerdem gibt es da noch diesen Schnüffler, der da irgendwie mitmischt. Ich will nicht, dass Leute durch die Gegend rennen, die sich um unsere Angelegenheiten kümmern. Also kümmere du dich um diese Leute, klar?“

„Du bist der Boss“, sagte Hetzel lakonisch und beendete das Gespräch. Dann ging er zum Schalter von Hertz, um sich ein passendes Gefährt zu mieten. Kattarax bezahlte.

Es war nicht zu überhören. Kriminalhauptkommissar Bengt Friedrichsen war sauer.

„Du hattest fast eine Woche Zeit, mir von deiner Freundin zu erzählen, und jetzt, wo's dunkel ist und das Wochenende vor der Tür steht, rückst du damit heraus.“ Sie standen vorm Tor. Falkan, Friedrichsen, Silvester Müller und zwei uniformierte Kollegen, die Friedrichsen angefordert hatte. Schließlich ging es ja bei der gesuchten Frau um eine mutmaßliche Mörderin.

„Ich hätte dich ja nicht belästigt, wenn ich noch ein paar Jahre jünger wäre, aber der Zaun ist nun mal ziemlich hoch.“

Mit dieser Bemerkung verbesserte Falkan Friedrichsens Laune nicht wesentlich.

„Also haben wir es nur deinem fortgeschrittenen Alter zu verdanken, dass du Informationen zu einer Straftat nicht länger zurückhältst?“

„Es war keine Straftat, es war Notwehr. Wenn sie nicht gewesen wäre, hättest du heute Nachmittag in einem schwarzen Anzug auf dem Friedhof gestanden und geweint.“

Friedrichsen schnaufte und bedeutete Müller, ihm die Räuberleiter zu machen. Zwei Sekunden später war er über den Zaun und huschte auf das Gebäude zu. Als er am Hallentor ankam, zog er die Waffe und rüttelte am Tor. Als er es nicht öffnen konnte, glitt er an der Wand entlang zur Rückseite. Der Rest der Truppe folgte mit eiligen Schritten am Zaun. Als sie auf er Rückseite ankamen, hatte Friedrichsen schon die Plane in der Hand und zog. Dann leuchtete er mit der Lampe auf seinen Fund.

„Das ist er“, bestätigte Falkan von außerhalb des Zauns. Ihm war mulmig zumute. „Ich habe mir das Kennzeichen gemerkt. Sie haben Natalie.“

Friedrichsen drehte den Kopf, die Plane noch in der Hand.

„Wer?“

Unter den gegebenen Umständen hielt Falkan es für besser, den Ermittlungsbehörden sein internes Wissen mitzuteilen.

„Natalie ist hinter Leuten her, die Waffentechnik unter Umgehung der Handelsbeschränkungen an die Kriegsverbrecher dieser Welt liefern.“

Friedrichsen ließ die Plane fallen und kam auf den Zaun zu, die Lampe auf Falkan gerichtet.

„Sie gehört zu demselben Haufen wie unser Toter von der A66?"

Falkan nickte.

„MI6. Die Firma, für die auch James Bond arbeitet."

Ohne Räuberleiter hatte Friedrichsen so seine Schwierigkeiten, die Umzäunung zu überwinden. Seit Jahren war er ohne großen Erfolg am Abnehmen. Schwer atmend landete er vor Falkans Füßen.

„Was weißt du sonst noch, was wir wissen sollten?"

„Sie hat mir erzählt, dass sie sich in Saint-Tropez an einen Kerl namens Kattarax herangemacht hat. Über den sind sie und ihr Kollege an Gambinsky gekommen, danach müssen sich die Dinge dann so entwickelt haben, wie ich sie zu Protokoll gegeben habe. Mehr weiß ich nicht."

Friedrichsen warf ihm noch einen genervten Blick zu, dann nahm er das Telefon ans Ohr und entfernte sich ein paar Meter. Falkan hörte nur noch, wie er seine Chefin, Frau Kriminalrat Maas, verlangte. Nach einer Minute kehrte er zurück.

„Von jetzt an übernehmen wir, Kurt. Ich denke, das wird jetzt ein bisschen zu groß für die Detektei Falkan."

Falkan hockte auf der Bank vorm Eingang der Kapelle auf dem alten Friedhof, hatte die Arme auf die Rückenlehne gelegt und die Beine von sich gestreckt. Vor fünf Minuten hatte er die wöchentliche Rose am Grab abgelegt, diesmal ohne Erwartung auf geistige Hilfe seiner verstorbenen Frau Sigi. Er hatte ihr nicht einmal von Natalies Verschwinden erzählt. Friedrichsen hatte schon recht. Falkan konnte nichts mehr tun. Er hatte der Polizei alle Fakten genannt, die er im Laufe der letzten Tage zusammengetragen hatte. Er hatte Friedrichsen sogar gestern Morgen die Tapetenbahn des Falles ‛junge Frau im roten Ferrari′ rübergebracht. Sie hing jetzt sicherlich im Besprechungsraum der Gelnhäuser Polizei.

Der Gedanke, dass Frau Kriminalrat Maas sich jetzt die Ergebnisse seiner kriminalistischen Arbeit an den Wänden ihrer heiligen Hallen gefallen lassen musste, entlockte Falkan ein schadenfrohes Lächeln. Das Lächeln erlosch jedoch schnell wieder, als er an Natalie denken musste.

Wo war sie, was war mit ihr geschehen?

In der Halle, hinter der er ihr Auto entdeckt hatte, war sie jedenfalls nicht. Die Polizei hatte das Gebäude auf den Kopf gestellt, jedoch keine Personen angetroffen. Was sie sonst noch gefunden hatte, war hinter Friedrichsens Lippen verborgen geblieben.

Ein junges Mädchen kam an den Gräbern vorbei den Weg vom Friedhofstürchen hoch an ihm vorbei und grüßte freundlich, ein Sträußchen Blumen und eine Vase in den Händen. Falkan grüßte zurück und sah ihr nach, wie sie den Weg weiterlief, an Sigis Grab vorbei und dann rechts. Er fragte sich, wen sie dort wohl besuchen mochte. Die Gräber dort unten waren alle alt, das Mädchen vielleicht zwölf oder dreizehn. Es konnte in diesem Teil des Friedhofs kaum jemand liegen, den sie noch lebend gekannt hatte.

Falkan schloss die Augen und versuchte, an nichts zu denken, was ihm wie immer schwerfiel. Auch wenn er alles Weitere Friedrichsen und seinem Polizeiapparat überlassen wollte, nagte die Sorge um Natalie an seinem seelischen Wohlbefinden. Es kribbelte in seinem Nacken, wenn er nur daran dachte, was in diesem Moment vielleicht mit ihr geschah und er nichts tun konnte, da ihm die Hände gebunden waren.

Falkan zog die Beine ein und nahm die Arme von der Lehne. Waren ihm denn wirklich die Hände gebunden? Er hatte Friedrichsen angesichts der internationalen Tragweite des Falls das Feld überlassen, ja, aber das bedeutete doch nicht, dass er im lokalen Umfeld noch ein wenig herumstochern konnte, nur so zum Zeitvertreib und zur eigenen Beruhigung.

Wahrscheinlich hatte die Polizei seit Freitagabend sämtliche Schauplätze und alle Personen, von denen Falkan Friedrichsen berichtet hatte und die auf seiner Tapetenbahn vermerkt waren, unter die Lupe genommen. Die Firma Meier Consulting, Gambinskys und Lohfinks Wohnungen, die Garage hinter Mikes Rotorenfabrik, die Yacht von Armand Kattarax in Saint-Tropez.

Die Yacht lag eindeutig außerhalb von Falkans Reichweite, alle anderen Orte waren zu Fuß, mit dem Auto oder den öffentlichen Verkehrsmitteln für einen umtriebigen Rentner in kurzer Zeit zu erreichen.

Näherkommendes Motorengeräusch am Himmel ließ das Glöckchen in Falkans Kopf leise erklingen.

Der Flugplatz war auch so ein Ort, der schnell zu erreichen war, mit dem Rad nur zehn Minuten. Er hatte Friedrichsen von Gambinskys Maschine erzählt, die dort irgendwo im Hangar stand, und von der Frau, die für einige Zeit Gambinskys Freundin gewesen war. Die KTU hatte die Maschine vielleicht schon auf links gedreht, wahrscheinlich hatte man auch die Freundin bereits ermittelt, so einen Frauenverschleiß dürfte Gambinsky ja auch nicht gehabt haben. Vielleicht hatte man sie Waldemar Meier bereits gegenübergestellt, um zu überprüfen, ob er der kleine unscheinbare Mann war, der Gambinsky nach Frankreich begleitet hatte, und vielleicht war er es, vielleicht aber auch nicht.

Weiter unten kam das Mädchen wieder zwischen den Gräbern heraus und nickte freundlich, als es ohne Blumen und Vase an ihm vorbeilief. Falkan nickte wieder zurück, wartete eine Weile und erhob sich dann. Es war ungefähr die gleiche Zeit, um die er letzten Sonntag zum Flugplatz gefahren war. Vielleicht hatte Gambinskys Ex ja auch ihre festen Zeiten.

Natalie Wicket hatte in ihrem jungen Leben schon einige brenzlige Situationen durchgemacht, das brachte der Beruf so mit sich. Diesmal jedoch bezweifelte sie, ob all die Dinge, die man ihr beigebracht hatte, ihr jemals wieder nützlich sein würden.

Sie lag, an Händen und Füßen gefesselt, auf dem harten Betonboden eines dunklen Raums. Ihre Lippen waren geschwollen und sie schmeckte immer noch Blut von dem Willkommensgruß, den ihr der Bulle verpasst hatte, der sie in der Halle in Bernbach geschnappt hatte. Das war vor, sie konnte es nicht genau sagen, vielleicht einem Tag, vielleicht länger.

Der Bulle, dem Akzent nach ein Russe oder so, hatte ihr nur Schmerzen zufügen wollen, der andere, der später gekommen war und der ohne Akzent sprach, wollte Informationen. Dann war da noch ein dritter Mann, ein kleiner, der nicht redete, sondern nur dafür sorgte, dass sie nicht verhungerte und verdurstete und der sich in der Wohnung auszukennen schien.

Der, der die Informationen wollte, hatte sie auch geschlagen, aber nicht so brutal wie der Bulle. Es war mehr ein strafendes Schlagen, um ihr für ihr Schweigen wehzutun. Und sie hatte geschwiegen, zumindest eine angemessene Zeit lang. Dann hatte sie gesagt, was er hören wollte. Sie hatte damit keinen Verrat begangen, schließlich musste den Kerlen ja klar sein, dass sich die westlichen Geheimdienste früher oder später für sie interessieren würden. Und was sie bei Armand Kattarax erfahren und weitergegeben hatte, war etwas, dass sie eh schon wussten. Was Natalie richtige Sorgen bereitete, war, wenn man anfing, sie nach Sachen zu fragen, die sie nicht wusste, die man aber unbedingt erfahren wollte. So etwas würde schmerzlich werden.

Sie versuchte erneut, ihren Fesseln zu entkommen, was ein unmögliches Unterfangen war, da es sich um Kabelbinder handelte. Aber sie musste es dennoch versuchen, um die Hoffnung aufrecht zu erhalten. Psychotricks, wie sie es gelernt hatte. So strampelte sie alle paar Minuten wie wild, bis ihr die Puste ausging, und das schon seit wer weiß wie vielen Stunden.

Dass man ihr keinen Knebel in den Mund gesteckt hatte ließ darauf schließen, dass der Raum schalldicht war. Sie tippte auf Keller. Schalldicht und nicht sehr weit von der Halle in Bernbach entfernt, das war alles, was sie wusste. Vielleicht war es Meiers Keller. Sie hatte höchstens eine Viertelstunde auf der Rückbank gelegen, während der Bulle gefahren war. Es war dunkel gewesen, und sie hatte mit dem Gesicht nach unten gelegen.

Nachdem Natalie sich eine Minute lang in ihren Fesseln gewunden hatte, blieb sie atemlos liegen. Die Handgelenke taten ihr vom Scheuern weh. Dann hörte sie das Klicken des Schlosses und drehte den Kopf in Richtung der Tür. Die Silhouette im hellen Rechteck gehört nicht zu dem, der ihr zu Trinken gebracht hatte. Es war der, der sie schlug, wenn sie nicht antwortete. Natalies Hoffnungen sanken ein Stück tiefer.

„Die Polizei hat mich diese Woche auch schon nach dem Mann gefragt." Sie hatte wieder die zerschlissene Fliegermontur an. Die Hände tief in den Taschen schien ihr Markenzeichen zu sein. „Weiß nicht, wie die auf mich gekommen sind. Sie haben mir auch ein Foto von so einem Kerl gezeigt, aber der war's nicht."

„Ich habe der Polizei von Ihnen erzählt", gestand Falkan mit erhobener Stimme. Soeben raste eine Maschine mit Vollgas und einem Segelflugzeug im Schlepptau über die Piste Richtung Westen. „Die Geschichte mit Ihrem Freund Gambinsky ist größer als gedacht."

„Er war nicht mein Freund, er war nur ein engerer Bekannter."

„Darf ich Sie auf einen Kaffee einladen? Heute hat die Gaststätte doch auf, oder?"

„Ja und ja, aber selbst, wenn Sie mich auf eine ganze Kanne Kaffee einladen, kann ich Ihnen nicht mehr erzählen als bisher. Von Gambinskys Geschäften weiß ich nichts."

Sie stiegen die Stufen zur Terrasse empor und hockten sich an den erstbesten Tisch. Sie waren die einzigen Gäste.

„Hat sich die Polizei auch für Gambinskys Flugzeug interessiert?", eröffnete Falkan die inoffizielle Befragung, nachdem er zwei Tassen bestellt hatte.

„Sie waren wohl kurz im Hangar und haben sich bei der Flugleitung bestätigen lassen, dass die Maschine nie von jemand anderem geflogen wurde als von Gambinsky." Sie holte zum ersten Mal die Hände aus den Taschen und faltete sie vor sich auf dem Tisch. „Die Polizei wollte mir nichts sagen, aber Sie sind doch Privatmann, nicht? Was soll das alles? Was hat Hansi angestellt?"

Falkan musste lächeln.

„Seine letzte engere Bekannte hat ihn auch Hansi genannt. Ich finde es erstaunlich, dass ein Mann, der mit dem schmutzigsten Geschäft der Welt sein Geld verdient, von seinen Freundinnen mit so einem putzigen Namen angeredet wurde."

Sie zuckte mit den Schultern.

„Er fand's, glaube ich, ganz amüsant. Und, was ist jetzt das schmutzigste Geschäft der Welt? Prostitution?"

„Das ist das Älteste. Das schmutzigste Geschäft ist Waffenhandel."

Die Bedienung brachte den Kaffee. Falkan zahlte. Sie stieß einen Pfiff aus.

„Da ist es ja bei der derzeitigen Weltlage kein Wunder, dass er sich alleine so eine Maschine leisten konnte. Die meisten Flugzeuge hier haben mehrere Eigentümer."

„Was ist es denn für eine?"

„Eine Piper M 700 Fury, funkelnagelneu. Er dürfte dafür mindestens vier Millionen hingeblättert haben. Sie ist das Schmuckstück auf dem Platz."

Jetzt war es an Falkan, einen Pfiff auszustoßen. Sein Blick glitt zu der Halle, in der die Flugzeuge untergebracht waren.

„Ob ich mir die wohl mal anschauen könnte?"

„Klar, aber was versprechen Sie sich davon?" Sie lachte. „Macht nur neidisch."

„Kaum. Ich habe zwar nur ein fast fünfzig Jahre altes Auto und ein Fahrrad, aber im Gegensatz zu Gambinsky lebe ich noch."

„Ist ein Argument. Wenn wir ausgetrunken haben, gehen wir mal rüber. Ich heiße übrigens Laura Jürgens, Tierärztin."

Falkan prostete ihr mit der Tasse zu.

„Kurt Falkan, Dackelbesitzer."

Sie griff wieder tief in die Tasche ihrer Montur und schob Falkan eine Karte zu.

„Wenn ihn mal das Bäuchlein drückt, Anruf genügt."

Falkan zückte ebenfalls sein Portemonnaie und revanchierte sich mit seiner eigenen Karte.

„Gleichfalls, bei Problemen aller Art, außer drückendem Bäuchlein."

Sie lachten gemeinsam und tranken dann schweigend aus. Als sie ihre Tasse auf den Tisch stellte, blickte Laura erstaunt an Falkan vorbei zum Eingang des Flugplatzes.

„Glauben Sie an Zufälle, Herr Falkan?"

„Eigentlich nicht, aber wenn's der Sache dienlich ist. Wieso?"

Sie deutete mit dem Kinn in Richtung Eingang.

„Weil da gerade der Mann kommt, nachdem Sie mich gefragt haben."

„Der Unscheinbare?"

Falkan konnte sein Glück kaum fassen. In Gedanken nahm er alles Negative zurück, was er jemals zum Thema Zufall gesagt oder gedacht hatte. Laura nickte.

„Genau der. Er ist so unscheinbar, dass ich mich kaum an ihn erinnert hätte, wenn wir nicht vor ein paar Minuten von ihm geredet hätten."

Sie verfolgte den Mann mit Blicken, wie er, sich auf dem Platz umschauend, in Richtung Hangar bewegte. Falkan wandte unauffällig den Kopf. Es war tatsächlich mehr ein Männlein als ein Mann, das da durchs Gras der Startbahn stapfte, eine kleinere Ausgabe von Waldemar Meier. Falkan schätzte ihn auf höchstens eins sechzig. Er dürfte nur unwesentlich jünger als er selbst sein. Einen internationalen Waffenhändler stellte man sich anders vor.

„Steht Gambinskys Maschine in der Halle, zu der er geht?"

„Ja. Sollen wir die Polizei anrufen?"

Falkan wollte sie auf keinen Fall von der Erfüllung ihrer Bürgerpflicht abhalten, doch man sollte dabei auch nicht übereifrig sein. Schließlich musste man dem Mann erstmal Gelegenheit geben, sich zu erklären. Falkan erhob sich.

„Nein, ich möchte vorher mit dem Mann reden. Vielleicht ist er ja nur Gambinskys Steuerberater."

Aus langjähriger Erfahrung wusste Falkan, dass Steuerberater von solchen Herren wie Hans-Werner Gambinsky meistens genauso viel Dreck am Stecken hatten wie die Beratenen selbst, er hoffte jedoch, dass einer Tierärztin solche kriminalistischen Feinheiten nicht bekannt waren. Ihre Reaktion zeigte ihm, dass er richtig lag.

„Na dann, los."

Sie erhob sich ebenfalls und sprang die Stufen hinunter. Falkan wollte nicht nachstehen und hätte sich fast den Fuß verstaucht. Mit leisem Ziehen im rechten Knöchel hinkte er hinter ihr her. Der Unscheinbare verschwand soeben durch eine blecherne Seitentür im Hangar.

„Können wir helfen?"

Als Laura und Falkan die Halle betraten, hatte der Mann gerade die Hand an der Tür in der Mitte des Rumpfs der Piper. Er widmete den beiden einen kurzen, desinteressierten Blick.

„Nein danke, ich komme schon zurecht."

Dann betätigte er einen Schalter. Die Tür fuhr auf, und eine kleine Treppe klappte nach unten.

„Ich glaube, die Maschine gehört Herrn Gambinsky", sagte Laura vorwurfsvoll. Er hatte inzwischen die Stufen erklommen und drehte sich auf der obersten nochmal um.

„Da glauben Sie falsch. Sie gehört der Firma, deren Mitarbeiter Gambinsky war.“

„Und Sie sind?“, eröffnete Falkan das Verhör.

„Ebenfalls Mitarbeiter dieser Firma, und als solcher berechtigt, das Flugzeug zu betreten. Herr Gambinsky hatte vor seinem plötzlichen Ableben noch einige Papiere hier deponiert, die ich nun holen will. Was dagegen?“

„Was ist denn das für eine Firma?“

Der Mann winkte genervt ab und betrat die Kabine. Falkan sah Laura fragend an. Sie zuckte nur mit den Schultern.

„Hansi hat immer von seiner Maschine gesprochen.“

In Falkan erwachte der Jagdtrieb. Entschlossen erklomm er den Einstieg. Die kleine, extrem luxuriös eingerichtete Kabine roch förmlich nach vier Millionen. Der Unscheinbare fingerte soeben an einem Wandfach herum.

„Ich glaube, die Polizei hätte etwas dagegen, dass sie hier Veränderungen vornehmen“, zitierte Falkan aus dem Tatorthandbuch.

„Was sind Sie?“, fauchte der Eindringling giftig und zog eine Ledermappe aus dem Fach. „Der Platzwart?“

Dann verschloss er die Klappe wieder und drängte mit einem verächtlichen Lächeln an Falkan vorbei ins Freie. Diesmal war Falkan beim Herabsteigen etwas vorsichtiger. Als er auf dem Hangarboden angelangt war, war der Kerl schon an Laura vorbei an der Tür.

„Was hat er da drinnen gemacht?“

„Was er gesagt hat. Papiere geholt.“

Der Unscheinbare drehte sich kurz vor Verlassen des Hangars um und streckte den Arm in Richtung Piper aus. Die Treppe fuhr mit leisem Summen ein, danach schloss sich die Tür. Dann verschwand er wortlos.

„Holen wir jetzt die Polizei?“

„Wir warten erstmal. Der Mensch kommt mir irgendwie bekannt vor. Ich kläre das dann mit meinem Nachbarn. Der ist bei der Gelnhäuser Kripo und mit dem Fall befasst. Kommen Sie.“

Sie verließen den Hangar. Der Unscheinbare war schon außerhalb des Geländes bei den Parkplätzen.

„Sie sagten doch, er kommt immer zu Fuß?“ Laura nickte. „Dann will ich mal sehen, wie gut ich noch im unauffälligen Beschatten bin. Es interessiert mich, wohin er geht. Ich melde mich wieder.“

Falkan eilte zu seinem Fahrrad und machte sich an die Verfolgung. Als er durch das Tor auf den Parkplatz trat, war der andere schon beim Bahngleis weiter vorne angelangt. Falkan war bewusst, dass er all seine Raffinesse aufbringen musste, um nicht entdeckt zu werden. Genug Abstand halten, möglichst in Deckung bleiben und – vor allem – darauf hoffen, dass sich das Observationsobjekt nicht umdrehte.

Das Objekt war jetzt über das Gleis hinweg und außer Sicht. Falkan schwang sich aufs Rad, um den Anschluss nicht zu verlieren. Als er wieder vom Sattel stieg, war der Verfolgte bei der Unterführung. Falkan ließ ihm Vorsprung, bis er auf der Clamecystraße nach links abbog, dann legte er die Strecke bis zum Ende des Dr.-Wolfgang-Schaum-Wegs wieder fahrend zurück und erblickte gerade noch den Rücken um die erste Kurve verschwinden.

`Bis hierhin alles gut´, dachte er sich und ließ sein Rad die Straße hinunterrollen. Als er an der Kurve die Bremse betätigte, war von dem Mann nichts mehr zu sehen. Falkan ließ die Bremse los und trat in die Pedale, bis er den Verfolgten in der nächsten Seitenstraße

entdeckte, wo er gerade in einen gegenüber dem Veritas-Gelände geparkten blauen Renault Clio stieg und davonfuhr.

`Von wegen zu Fuß zum Flugplatz´, ärgerte Falkan sich und versuchte noch, sich das Kennzeichen zu merken, doch mehr als `GN´ und dahinter ein `H´ blieben nicht hängen. Immerhin, so viele Clios mit Gelnhäuser Kennzeichen und einem `H´ in der Mitte konnte es ja nicht geben. Während er nach Hause radelte, überlegte Falkan sich eine Strategie, wie er Friedrichsen eine Halterabfrage beim KBA entlocken konnte, ohne ihn über die genauen Details zu informieren. Dies war immer noch sein bescheidener Beitrag zu den Ermittlungen, die ohne ihn wohl kaum so weit fortgeschritten sein würden.

Der Fahrtwind wehte Falkan warm um die Nase, als er über den menschenleeren Busbahnhof fuhr. Es war ein schöner Frühlingstag, eine gute Gelegenheit, ein erstes spontanes Nachmittagsgrillen des Jahres anzusetzen. In der Kühltruhe hatte er Würstchen und zur Genüge Bier und Apfelwein im Keller, genug auf jeden Fall, um seinen Freund Benji satt – und möglicherweise auskunftswillig – zu bekommen.

Drei Stunden später, der Himmel strahlte immer noch in Frühlingsblau, hatte Falkan alles zusammengetrommelt, was an diesem Sonntagnachmittag nichts Besseres vorhatte. KHK Friedrichsen und seine Familie gehörten passenderweise dazu. Im Garten roch es nach Grillkohle und brutzelnden Würstchen.

„Klasse Idee, Kurt“, lobte Hannes Larrosch, der seine Dackeldame Lonni beim Duft der Bratwurst kaum im Zaum halten konnte. Falkan ließ seinen Dackel vorsichtshalber im Haus, bis das Essen fertig war. Er kannte Fritz und wollte nicht, dass er ihm am Grill dauernd um die Füße herumschoss.

„Ich habe eine Bitte an dich, Hannes", sagte Falkan und warf die Würstchen eins nach dem anderen auf die andere Seite. Der Freund war Teil der Strategie, die er sich auf dem Heimweg vom Flugplatz ausgedacht hatte. Hannes spitzte die Ohren. Er mochte es, Falkan bei seiner kriminalistischen Arbeit zu unterstützen.

„Um was geht's? Verfolgung, Überwachung, soll ich jemanden verprügeln?"

Falkan grinste und schüttelte den Kopf.

„Nichts so Spektakuläres, Hannes. Du sollst nur ein wenig flunkern."

„Flunkern? Hört sich wirklich nicht besonders aufregend an. Wen soll ich denn veräppeln?"

Falkan deutete mit der Grillzange unauffällig auf Friedrichsen, der gemeinsam mit Melinda und Mike auf der Veranda hockte und sich, ein Bier in der Hand, die Sonne auf den Bauch scheinen ließ.

„Veräppeln würde ich es nicht nennen, Hannes. Du sollst nur den um sein Heim besorgten Bürger spielen. Du kennst das doch, wenn nachts in der Nachbarschaft ein verdächtiges Auto herumsteht, in dem jemand am Steuer sitzt und das dann davonfährt, wenn man darauf zugeht."

„Eigentlich nicht." Larrosch schmunzelte verstehend. „Die Gefallen, die Benji dir schuldet, sind wohl aufgebraucht, und jetzt soll ich dir Informationen durch Vorspiegelung falscher Tatsachen beschaffen, was?"

„Du hast durch die Arbeit bei der Detektei Falkan wirklich eine Menge gelernt, Hannes." Falkan nannte seinem ‚Mitarbeiter' das Kennzeichenfragment, Fahrzeugtyp und Farbe. „Du sagst, du hättest in der

Nacht gesehen, dass vor eurem Fenster jemand im Auto sitzt und raucht, und als er nach einer Stunde immer noch drin gesessen hat, bist du rausgegangen, um dir für alle Fälle das Kennzeichen aufzuschreiben. Und als du auf dem Bürgersteig auftauchst, hat er sich aus dem Staub gemacht. Klingt für mich verdächtig, nicht? Du hast in der Dunkelheit nur noch das halbe Kennzeichen erkennen können. Und sag' ihm, dass die Würstchen in fünf Minuten fertig sind. Das stimmt ihn milde."
Falkan gratulierte sich im Stillen für seine Verschlagenheit, als er Hannes mit Lonni im Schlepptau davonschlendern sah. Während er sich weiter um die Bräunung des Essens kümmerte, warf er hin und wieder unauffällige Blicke zur Veranda, wo Hannes sich niedergelassen hatte und mit seiner Räubergeschichte alle in seinem Bann zog. Friedrichsen hörte ruhig zu, sah einmal kurz auf die Uhr und dann rüber zu Falkan am Grill, dann lauschte er wieder Hannes und nickte am Ende. Mike hatte wohl auch etwas zum Thema beizusteuern, denn er fuchtelte einmal mit den Händen und lachte. Dann kam Hannes wieder zurück, mit Besteck und Teller bewaffnet, den er Falkan zur Tarnung hinhielt, während er ihm das Ergebnis seines Einsatzes bekanntgab.
„Benji tut mir den Gefallen, gleich morgen Früh. Und Mike hat gesagt, dass er vielleicht gar nicht lange suchen muss, denn sein Geschäftspartner Nils fährt auch hin und wieder…"
Larrosch verstummte, als Friedrichsen und die anderen sich hinter ihm anstellten. Falkan entließ ihn mit einem zufriedenen Lächeln und tat Friedrichsen mit unschuldigem Blick gleich zwei Würstchen auf den Teller. Der strich sich mit der flachen Hand über seinen seit Jahren im Abnehmen befindlichen Bauch.

„Sehe ich wirklich aus, als hätte ich's nötig?", feixte er mit dankbarem Grinsen.

„Ich dachte, die Extrawurst würde dich vielleicht in Plauderlaune bringen, jetzt, wo ich nur noch Zaungast bei eurem Spiel bin. Ich mache mir Sorgen um Natalie. Hat man was von Lohfink gehört? Und was spielt sich so an der Côte d'Azur ab? Wie geht's Armand Kattarax?"

Friedrichsen hielt ihm den Teller vor die Nase.

„So groß ist diese Wurst auch nicht. Das einzige, was ich dir dafür verraten kann, ist, dass das Ganze alles andere als ein Spiel ist."

Mit dem Gesichtsausdruck eines Gewinners im Gesicht wandte er sich um und schritt zur Veranda zurück. Falkan sah ihm mit gleichem Gesichtsausdruck hinterher. Sollte sich der Herr Kriminalhauptkommissar ruhig in Schweigen hüllen, spätestens morgen Früh würde Falkan von Hannes Larrosch erfahren, was er wissen wollte.

Natalie wusste nicht mehr, ob es Tag oder Nacht war. Sie hatte auch aufgehört zu versuchen, die Stunden zu zählen. Sie wollte nur noch raus, weg, den Kerlen, die sie in diesem Loch festhielten, in den Arsch treten. Ihre schmerzenden Glieder und die Kabelbinder sagten ihr aber, dass sie von diesem Wunsch weit entfernt war.

Die Tür zu ihrem Verlies hatte sich schon lange nicht mehr geöffnet. Sie hatte Hunger und Durst und starkes Verlangen nach einer Toilette. Irgendwann fing sie an zu glauben – oder zu hoffen? – dass man sie vergessen hatte, und sie begann wieder, wie wild an ihren Fesseln zu zerren, was ihr noch mehr Schmerzen bereitete. Dann überkam sie so etwas Ähnliches wie Bewusstlosigkeit. Dankbar sank sie in den Schlaf, aus dem sie erst wieder unsanfte Männerhände rissen, die sie auf die Beine brachten und ihr irgendetwas über den Kopf stülpten.

„Ortswechsel, Natalie!"

Sie wollten nicht, dass sie etwas von ihrer Umgebung mitbekam, was ihr neue Hoffnung gab, aus der Sache irgendwie lebend rauszukommen. Dann wurde sie am Arm gepackt und fortgeführt. Sie spürte Sonne auf dem Kopf, dann drückte man sie auf den Rücksitz eines Autos und der Motor sprang an.

Diesmal dauerte die Fahrt keine Viertelstunde. Natalie spürte ein paar Kurven, dann ein paar hundert Meter Rumpeln, wahrscheinlich ein Wald – oder Feldweg. Eher ein Waldweg, schätzte sie, denn im Wald waren Entführungsopfer sicherer untergebracht als im offenen Feld.

Als der Wagen anhielt, wurde sie aus dem Auto gezerrt. Es roch nach Bäumen und Erde, eine feste Hand führte sie ein paar Meter über weichen Boden, dann öffnete sich quietschend eine Tür und der Sack wurde ihr vom Kopf gezogen. Der Russe, er war es, der sie gepackt hatte, verpasste ihr wieder Kabelbinder und einen Knebel. Ihr neues Gefängnis schien also nicht schallsicher zu sein. Dann stieß er sie durch eine Falltür in eine Art Erdkeller. Als die Falltür zufiel, wurde es stockfinster. Natalie begann, ihre neue Situation zu überdenken.

„Guten Morgen Helga, ist dein Schwiegervater zuhause?"

Helga Larrosch und Bengt Friedrichsen kannten sich von diversen Feierlichkeiten im Hause Falkan.

„Nanu, die Polizei an der Tür? Hat er was ausgefressen?" Sie lachte und ließ Friedrichsen vorbei.

„Er ist in seinem Bastelkeller. Papa!"
„Was?"
„Besuch! Die Polizei!"
„Komme!" Zuerst kam Lonni die Treppe hochgesprungen, ihr Herrchen benötigte etwas länger.
„Hallo Benji, das ging ja flott."
„Ja, es gibt tatsächlich nicht so viele Fahrzeuge, die infrage kommen. Es waren nur vier."
„Hast du wieder Detektiv gespielt, Papa?", sagte Helga Larrosch tadelnd. Sie konnte Kurt Falkan gut leiden, und sie fand aufregend, was er tat, aber sie mochte es, im Gegensatz zu ihrem Mann, gar nicht, wenn ihr Schwiegervater hinter Verbrechern her schlich oder fremde Menschen mit dem Fernglas beobachtete.
„I wo, es ist nur wegen diesem Auto, das neulich nachts vor der Tür gestanden hat", verteidigte sich Hannes.
„Auto?"
„Hast du wohl nicht mitbekommen. Dietmar und du waren aus, glaube ich."
Helga Larrosch zuckte mit den Schultern und verschwand in der Küche. Friedrichsen verschränkte die Arme vor der Brust.
„Du bist also der einzige, der das Fahrzeug gesehen hat?"
„Scheint so."
„Und es hat direkt vor eurer Tür geparkt?"
„Ja."
„Und du hast den Fahrer nicht erkannt?"
„Es war dunkel."
„Aber die Farbe hast du erkannt. Man kann im Dunkeln blau leicht mit anderen Farben verwechseln."
„Na ja, vielleicht war's ja auch schwarz. Oder grau. Warum fragst du das alles?"
„Weißt du noch, was Mike gestern Abend gesagt hat,

als du mir das Fahrzeug beschrieben hast?"
Hannes fühlte sich zunehmend unbehaglich.
„Dass sein Kompagnon auch manchmal so einen Renault fährt?"
Friedrichsen nickte bedächtig.
„Genau. Und sogar mit den gleichen Buchstaben, die du abgelesen hast. Wie gesagt, es gibt nur vier Autos, die deiner Beschreibung entsprechen. Der Halter von einem davon ist fast hundert, zwei sind auf Leute im Birsteiner Oberland zugelassen, und nur eins läuft in Gelnhausen, und der Halter heißt Walter Hajek. Ich nehme an, es ist der Vater von Nils Hajek. Wenn man mal davon ausgeht, dass ein Hundertjähriger nicht mehr nachts im Auto sitzt und raucht und niemand mehr im Dunkeln das Birsteiner Hinterland verlässt, bleibt nur noch Walter Hajek übrig. Nun frage ich dich, warum sollte der Vater von Mikes Partner abends vor deinem Haus parken und abhauen, wenn du auftauchst? Und auch wenn es Nils gewesen sein sollte. Warum?"
Hannes fühlte, wie sein Hals immer trockener wurde.
„Hast du ihn schon gefragt?"
Larroschs Einwand klang ziemlich lahm. Er wusste, er würde das Szenario, dass sein Freund Kurt für ihn erfunden hatte, nicht mehr sehr lange aufrechterhalten können.
„Nein, ich wollte dir erstmal Gelegenheit geben, deine Aussage zu überdenken. Ich habe nochmal an den gestrigen Abend gedacht und daran, dass du, bevor du zu uns auf die Veranda gekommen bist, eine Zeitlang mit unserem Freund Kurt am Grill geredet hast."
Friedrichsen machte einen Schritt auf den armen Hannes zu, der sich dadurch immer mehr in die Enge getrieben fühlte. „Wäre es vielleicht möglich, dass du dabei den Auftrag erhalten hast, für die Detektei Falkan

Informationen über ein bestimmtes Kraftfahrzeug zu beschaffen?"

Hannes versuchte, Friedrichsens durchdringendem Verhörblick auszuweichen, doch es gelang ihm nicht. Das schlechte Gewissen rann ihm als kleine Schweißperlen die Schläfen herab.

„Du weißt doch, dass ich Kurt keinen Gefallen abschlagen kann. Außerdem bin ich Rentner, und mir war langweilig."

Friedrichsen grinste.

„Jetzt weiß ich wenigstens, wofür die Extrawurst gestern auf meinem Teller war. Jetzt müssen wir nur noch herausfinden, warum unser guter Kurt sich für dieses bestimmte Auto interessiert. Kommst du mit?"

Fünf Minuten später standen sie an Falkans Haustür. Friedrichsen mit seinem Dienstgesicht, Larrosch mit dem Ausdruck des Ertappten in den Augen. Falkan wusste sofort, was los war.

„Da muss ich dich wohl doch nochmal auf einen Lehrgang schicken, was, Hannes?"

Larrosch zuckte stumm mit den Schultern.

„Hannes hat seine Sache schon gutgemacht, aber das Resultat meiner Halterabfrage hat mich stutzig gemacht."

„Hört sich interessant an. Lass hören."

„Erst du. Was hat es mit diesem Auto auf sich?"

Falkan spürte, dass die Zeit der eigenen Ermittlungen endgültig vorbei war. Schweren Herzens berichtete er dem Freund von seinem gestrigen Besuch auf dem Gelnhäuser Flugplatz. Als er an der Stelle geendet hatte, wo der Unscheinbare in den Clio stieg, schwieg Friedrichsen und machte einen etwas verwirrten Eindruck. Falkan wartete eine ganze Weile ungeduldig.

„Nun sag' schon. Bin ich auf etwas gestoßen, von dem

ich nichts weiß? Wem gehört die Karre?"

Wenn Falkan etwas nicht ausstehen konnte, war es, bei den eigenen Ermittlungen im Dunkeln zu stehen.

„Kann sein", nuschelte Friedrichsen geistesabwesend und schickte sich zum Gehen an. „Ich muss erstmal mit ein paar Leuten reden."

Bevor Falkan nachhaken konnte, war er über die Straße und in seinen Dienstwagen geklettert. Falkan bedachte Larrosch mit einem eindringlich fragenden Blick.

„Es könnte vielleicht etwas damit zu tun haben, dass dieser Nils Hajek, der Kompagnon von Mike, manchmal genauso ein Auto fährt. Das hat Mike gesagt, als ich Benji gestern auf deiner Veranda das Märchen von dem geheimnisvollen Auto vor unserer Tür erzählt habe. Die Kiste ist auf einen Walter Hajek zugelassen. Benji nimmt an, das ist der Vater."

Im ersten Moment war Falkan verwirrt, doch dann traf es ihn wie der Blitz. Jetzt wusste er, woher er den Unscheinbaren kannte. Er hatte auf der Einweihungsfeier der `FdZ´ GmbH ein paar Worte mit ihm gewechselt. Verdammtes Personengedächtnis.

Falkan konnte sich zwar immer noch keinen Reim darauf machen, wie die Dinge zusammenhingen, er wusste jedoch, wer ihm eventuell dabei helfen konnte. Und er hatte auch eine Ahnung davon, mit welchen Leuten Friedrichsen hatte sprechen wollen, als er so überstürzt davongefahren war. Falkan eilte in die Garage und schwang sich aufs Rad.

„Was habt ihr denn heute alle mit Nils?" Mike Grebner schrie in der engen Fabrikhalle gegen den Lärm der auf Hochtouren laufenden Maschinen an. Die Geschäfte gingen gut. „Benji hat auch gerade nach ihm gefragt."

„Und wo ist Nils?", schrie Falkan zurück.

„War heute Morgen nur kurz da, musste weg. Irgendwas Familiäres.“

„Kennst du eigentlich seine Eltern?“

Mike betätigte einige Schalter und bedeutete Falkan, mit nach draußen zu kommen. Gegen das Dröhnen der Maschinen waren die Geräusche der nahen Autobahn ein leises Säuseln.

„So ist’s besser. Was ist denn mit seinen Eltern? Soweit ich weiß, gibt es nur einen Vater. Von der Mutter hat er nie etwas erzählt.“

„Kennst du seinen Vater?“

„Hab’ ihn nur einmal gesehen, bei unserer Einweihungsfeier. Der Kleine mit den wenigen Haaren, erinnerst du dich?“

Falkan hatte sich erinnert, vorhin, als Hannes ihm erzählt hatte, dass Nils manchmal so einen Clio wie der Unscheinbare vom Flugplatz fuhr.

„Allerdings. Ich wusste nur nicht, dass das Nils’ Vater war. Was weißt du von ihm?“

„Nichts. Nils erzählt nur sehr wenig von seiner Familie.“

„Ihr habt doch zusammen studiert. In all der Zeit werdet ihr doch irgendwann mal über die Verwandtschaft geredet haben.“

Mike verzog den Mund zu einem verlegenen Lächeln.

„Ehrlich gesagt war das eine Notlüge. Zusammen studiert hört sich nun mal im Geschäftsleben besser an als zusammen gesessen.“

„Ihr kennt euch aus dem Knast?“

Falkan war nicht entsetzt – schließlich wusste er ja um Mikes frühe Jahre – aber verwundert.

„Wir haben uns in Preungesheim ein paar Monate eine Zelle geteilt.“

„Warum war er drin?“

„Aus dem gleichen Grund wie ich. Er war zu blöd zum Einbrechen. Allerdings haben sie ihm zwei Jahre länger aufgebrummt, weil er versucht hat, in ein öffentliches Gebäude einzudringen. Dabei muss er wohl im Passamt ein ziemliches Chaos hinterlassen haben."
„Er wollte Pässe klauen?"
„Scheinbar. Keine Ahnung, warum. Wir reden nicht so gerne von unserer gemeinsamen Zeit."
„Verständlich. Und dein Schwager? Was hast du ihm gesagt?"
„Er wollte mit Nils sprechen. Ich hab' ihm gesagt, wo er wohnt."
„Weißt du auch, wo sein Vater wohnt?"
„Keine Ahnung. Aber jetzt sag' doch erstmal, um was es eigentlich geht. Benji hat schon das Dienstgeheimnis raushängen lassen. Hat das alles etwas mit unserem Fall zu tun?"
„Ja, aber frag' mich nicht, was." Falkan hatte schon auf dem Herweg ständig Natalies Frage von letztem Freitag im Kopf. „Von wem habt ihr eigentlich eure Werkshalle gemietet?"
„Weiß nicht, das hat alles Nils gemacht, schon bevor Melinda und ich miteingestiegen sind." Mikes Brauen zogen sich missbilligend zusammen. „Du glaubst doch nicht, dass Nils…?"
„Der vielleicht nicht, aber sein Vater. Ich habe Walter Hajek persönlich erwischt, als er im Privatjet von Gambinsky Papiere sichergestellt hat. Er hat gesagt, dass er in derselben Firma wie Gambinsky arbeitet, und wo der gearbeitet hat, wissen wir ja."
Mike warf einen bestürzten Blick auf das Tor der Halle und auf das goldene Schild daneben mit der Aufschrift `Flügel der Zukunft´. Wenn Falkan recht hatte, würde das bedeuten, dass seine Pläne für eben diese Zukunft

ins Wanken kommen könnten.

„Warte einen Moment. Ich schalte die Maschinen ab und komme mit. Nils wohnt in Eidengesäß." Er zog das Telefon aus der Tasche. „Oder besser noch, ich rufe ihn an."

Mikes mehrmalige Versuche blieben erfolglos. Nils meldete sich nicht. Auch nicht auf dem Handy.

„Wenn er nicht zuhause ist, ist er möglicherweise bei seinem Vater", vermutete Falkan. „Du sagtest doch, er wäre wegen etwas Familiärem fort. Vielleicht finden wir die Adresse im Telefonbuch oder in euren Unterlagen. Wenn Hajek Senior etwas mit dem Laden hier zu tun hat, ist er vielleicht irgendwo vermerkt."

Mit sichtlichem Unbehagen ging Mike ins Büro im ersten Stock voran. Falkan folgte mit stetig steigendem Jagdtrieb, gepaart mit der Sorge um Natalie. Im Telefonbuch gab es keinen Eintrag.

„Mir ist gar nicht wohl bei der Sache", gab Mike zu bedenken, während er den Ordner mit der Aufschrift ʻAllgemeine Unterlagenʼ aus dem Regal nahm. Schriftliche Dinge hatten sie ganz altmodisch abgeheftet. Falkan schnappte sich den nächsten, ʻBestellungen und Lieferungenʼ.

„Was hat Nils eigentlich zu deinem nächtlichen Beobachtungsstand dort am Fenster gesagt?"

„Hab' ihm nichts davon erzählt. Er hat mich immer mit meiner Vorliebe fürs Detektivspielen aufgezogen, meinte, ich wäre wie Rockford. Ehemaliger Knacki wird Schnüffler."

Falkan grinste.

„Hättest du auch als Kompliment nehmen können."

„Außerdem wollte ich nicht, dass er vielleicht aus Versehen bei Melinda etwas erwähnt. Du weißt ja, wie sie denkt." Mike zuckte mit den Schultern. „Aber dann

ist sie ja dummerweise durch meine nächtlichen Überwachungsaktionen bei Lohfink doch noch dahintergekommen. Aha, hier hab' ich was. Komisch."
„Was?"
„Walter Hajek hat im Februar zweihunderttausend Euro an seinen Sohn überwiesen. Als Nils mir vorgeschlagen hat, bei ihm mitzumachen, hat er gesagt, er habe für seinen Anteil an der Firma einen langfristigen Kredit aufnehmen müssen."
„Das Flugzeug, in dem ich ihn gestern erwischt habe, ist das Zwanzigfache wert. Hajek Senior scheint sich in finanziell gut ausgestatteten Kreisen zu bewegen. Steht da auch eine Adresse?"
„Ja. Er wohnt in Höchst, Kasseler Straße. Das steht auf jeden Fall hier, aber wer weiß, ob's stimmt. Allmählich fange ich an, alles anzuzweifeln."
„Wir fahren hin, dann wissen wir's. Ich rufe aber vorher noch Benji an. Ist mir lieber, die offiziellen Stellen wissen Bescheid, wo wir sind."
Falkan redete kurz in sein Handy, es gab eine kurze Diskussion mit Friedrichsen, dann fuhren sie mit dem Firmentransporter los. Mike hatte sich vorher noch bei Google-Earth nach der Lage der Kasseler Straße erkundigt.
„Was sagt Benji?"
„Du kennst ihn ja. Er ist sauer, dass du ihm nicht gesagt hast, wo Walter Hajek wohnt."
„Das Thema war Nils, nicht sein Vater."
„Herr Friedrichsen lässt auch allmählich nach. Ich habe ihm doch den Kerl beschrieben, der in den Clio gestiegen ist. Er hätte sich doch denken können, dass nicht Nils das Problem ist."
„Hoffentlich", unkte Mike und trat aufs Gas, als sie auf die Lagerhausstraße in Richtung Raiffeisenlager

abbogen. „Nils war die letzten Tage ziemlich maulfaul und komisch. Ich habe ihm heute Morgen, als er gekommen ist, spaßhalber von der Grillerei gestern erzählt und dass sich Hannes bei Benji nach einem blauen Clio erkundigt hat. Als ich sagte, das wäre genauso einer wie der, mit dem er manchmal ankommt und dass er sogar fast das gleiche Kennzeichen hätte, wurde er plötzlich noch komischer und ist weg.“
„Du meinst, er könnte etwas damit zu tun haben?“
Mike zuckte schweigend mit den Schultern und trat das Gaspedal noch etwas mehr durch. In den Kreiseln, die auf dem Weg nach Höchst lagen, ging der alte VW-Transporter verdächtig in die Knie. Immerhin schafften sie es unter sechs Minuten in die Kasseler Straße, weitere zwei Minuten, um die richtige Hausnummer zu finden. Es war ein Hinterhaus, zu erreichen über eine Treppe und einen alten, ausgetretenen Plattenweg. Der Clio war nirgends zu sehen, dafür parkte ein blauer Scirocco mit H-Kennzeichen halb auf dem Gehweg. Die zwei offenstehenden Garagen neben dem Haus waren leer.
„Das ist der von Nils“, stellte Mike fest und sprang die Treppenstufen hinauf. Falkan folgte in gesetzterem Tempo. Als er bei der Haustür ankam, hatte Mike bereits geklingelt. Kurz darauf öffnete Nils. Er machte einen verstörten Eindruck.
„Ist dein Vater da?“, eröffnete Falkan das Gespräch. Nils schüttelte schweigend den Kopf.
„Was ist denn das Familiäres, das du erledigen wolltest, als du so schnell weg bist?“, wollte Mike wissen. Er klang verärgert.
„Geht dich nichts an“, antwortete Nils im gleichen Tonfall. Seine Augen funkelten wütend und verwirrt. Falkan trat an Mike vorbei und sah Nils direkt an.

172

„Weißt du etwas von den Geschäften deines Vaters?"

„Was sollen denn das für Geschäfte sein?", fragte Nils trotzig zurück. Falkan war sich sicher, dass er zumindest eine Ahnung hatte.

„Keine sauberen auf jeden Fall. Dein Vater scheint in illegale Waffengeschäfte verwickelt zu sein."

„Stiefvater."

„Bitte?"

„Er ist mein Stiefvater, und mit seinen Geschäften habe ich nichts zu tun."

„Wo ist er?"

Nils wollte ihnen die Haustür vor der Nase zuschlagen. Falkan tat, was er in solchen Fällen immer getan hatte, solange er noch einen Dienstausweis hatte. Er schob den Fuß in die Tür.

„Was soll das?"

„Mensch, was ist denn los mit dir?", fuhr Mike seinen Partner an. „Du warst doch gestern noch ganz normal!"

„Hast du `ne Ahnung", schrie Nils, machte im Flur ein paar Schritte rückwärts und ließ sich auf die erste Treppenstufe fallen. Dann starrte er seine ungebetenen Besucher an. Falkan entdeckte so etwas wie Verzweiflung in seinen Augen, als wäre kürzlich etwas in seinem Leben aufgetaucht, das ihn überforderte.

„Was ist passiert?"

Nils richtete den Blick auf Falkan, fast Hilfe suchend. Er atmete schwer.

„Alles Scheiße!"

Das brachte zwar seinen momentanen Seelenzustand zum Ausdruck, ließ jedoch keinen Einblick auf die letzten Ereignisse zu.

„Was hat dein Vater gemacht?"

Es dauerte eine Weile, bis sich Nils durchringen konnte.

„Stiefvater. Er hat Mist gemacht, schätze ich.“ Nils wischte sich mit dem Ärmel über die Nase. „Er hat schon immer Mist gemacht, solange ich ihn kenne, und das ist schon fast mein ganzes Leben. Früher war’s mir egal, ich fand es sogar mal ganz aufregend, einen Gangster in der Verwandtschaft zu haben, hab’ sogar mal mitgemacht. Das hat mir dann ja auch gleich fast drei Jahre Preungesheim eingebracht, während der Herr Hajek draußen weiter seinen Geschäften nachgehen konnte.“

„Ich habe vorhin in den Unterlagen gesehen, dass du deinen Anteil an der Firma von ihm bekommen hast.“ Nils schürzte die Lippen.

„Ich bin kein Heiliger, und außerdem hab’ ich mir gedacht, warum soll mit seinem dreckigen Geld nicht mal was Sauberes gemacht werden. Aber da wusste ich auch noch nicht, was er jetzt so treibt.“

„Und das wäre?“, hakte Falkan nach.

„Du hast es doch eben gesagt. Waffengeschäfte. Er hat es mir vorhin gesagt, als ich ihn zur Rede gestellt habe und gemeint, dass einer sich ja um diese Art von Handel kümmern müsse. Er verdient am Tod von Menschen.“ Nils schüttelte verzweifelt den Kopf. „Als er mir sagte, er habe einen Großkunden für unsere Rotoren, wusste ich ja noch nicht, für welchen Zweck die Drohnen, die damit bestückt werden sollten, dienen würden.“

„Wenn du doch all die Jahre wusstest, dass er sein Geld mit illegalen Geschichten verdient, warum bist du dann vorhin gleich zu ihm, als ich dir gesagt habe, dass die Polizei sich für seinen Clio interessiert?“ Nils schüttelte den Kopf und lachte bitter.

„Keine Ahnung. Plötzlicher Anfall von Familiensinn, der Mann war immerhin fast zwanzig Jahre lang mit meiner Mutter verheiratet. Ich hab' nie kapiert, was sie an ihm gefunden hat."

„War er zuhause?"

„Allerdings. Er und noch zwei andere Kerle. Einen davon habe ich schon mal bei uns hinter der Firma gesehen. Als ich Walter nach dem Clio gefragt habe und warum sich die Polizei für den interessiert, ist er fast ausgerastet."

„Und wo sind sie hin?"

Falkan fühlte, dass der Kreis sich in Kürze schließen würde.

„Weiß nicht. Aber er war ziemlich aufgeregt, hat mir sogar gedroht, dass ich das Maul halten soll." Nils stieß ein verbittertes Lachen aus. „Er denkt scheinbar, das funktioniert noch so wie früher, als ich noch Angst vor ihm und seinen Kumpels hatte. Das Wasser muss ihm bis zum Hals stehen. Die drei sind im Keller verschwunden und von dort in die Garage. Als sie fortgefahren sind, hab' ich gesehen, dass sie noch eine Frau dabei hatten. Das war so vor zwei Stunden."

„Natalie!", stieß Falkan hervor. Es konnte keine andere sein. Sie war immerhin noch am Leben. Blieb die Frage, was Hajek und seine Komplizen mit ihr vorhatten. Sie wussten, dass sie isoliert waren. Der internationale Polizeieinsatz gegen die Waffenschieber lief, Kattarax saß sicherlich schon in Frankreich in Haft und der Rest der Truppe – zumindest der Rest, den Falkan im Laufe der letzten Wochen mehr oder weniger kennengelernt hatte – war tot.

Nils erhob sich von der Treppe und trat vor die Tür. Die Verzweiflung in seinem Gesicht war einer wütenden Entschlossenheit gewichen.

„Das Auto ist nach rechts gefahren, Richtung Wald. Walter hat dort oben seine Ranch, so hat er die Hütte

immer genannt. Ich war früher manchmal dort mit Kumpels feiern. Ich weiß nicht, ob es die noch gibt, aber sie ist der einzige Ort, der mir spontan einfällt, wo er unterschlüpfen könnte."
Falkan sah auf die Uhr.
„Friedrichsen braucht lange."
Wie aufs Stichwort kam der silberne Dienstopel die Straße herauf und hielt hinter dem Scirocco. Jetzt wusste Falkan, warum er so lange gebraucht hatte. Friedrichsen hatte noch zwei Kollegen abgeholt, einer davon war Silvester Müller.
„Ist er da?"
„Nein, aber wir haben eine Ahnung, wo er sein könnte", sagte Falkan mit ernstem Blick. „Und wie's aussieht hat er Natalie."
„Lass hören."
Friedrichsen sah Falkan auffordernd an.
„Nils sagt, Hajek habe eine Waldhütte in der Nähe."
Friedrichsen wandte sich zu Nils.
„Kannst du uns den Weg beschreiben?"
„Er wird uns führen", beschloss Falkan.
„Wird er nicht. Das ist ein Polizeieinsatz, kein Waldausflug der Pfadfinder."
„Es ist ziemlich versteckt", gab Nils zu bedenken. „Es ist besser, wenn ich es euch zeige."
Friedrichsen sah sie der Reihe nach an und dachte nach. Falkans einzige Gedanken galten Natalie. Er klopfte Nils auf die Schulter.
„Los ins Auto. Wir nehmen den Transporter."
„Aber wenn wir uns der Hütte nähern, bleibt die Zivilbevölkerung zurück", kapitulierte Friedrichsen zähneknirschend. „Dann übernimmt die bewaffnete Kavallerie."
„Die Kavallerie sollte aber bedenken, dass die Kerle

eine Geisel haben", sagte Falkan und kletterte auf den Beifahrersitz des Transporters. „Die Kavallerie kann in den Laderaum steigen. Je weniger Autos, desto besser." Eine Minute drauf war die sechs Mann starke Einsatzgruppe unterwegs in Richtung Kaiserbaum. Der Weg führte geradeaus in den Wald hinein.

Der alte Diesel des Transporters machte einen solchen Krach, dass sie das donnernde Rotorengeräusch wenig später erst vernahmen, als ein Hubschrauber zweihundert Meter hinter ihnen zur Landung auf einer Wiese ansetzte und dabei eine kleine Herde friedlich grasender Kühe in helle Aufregung versetzte. Mike trat auf die Bremse und sah Falkan fragend an. Der musste nicht lange überlegen.

„Ein Hubschrauber, der dort landet, wo er normalerweise nicht landen darf, bedeutet entweder, dass in der Nähe ein Unfall passiert ist oder dass irgendwer jemanden abholen will, der es eilig hat. Da wir die letzten fünf Minuten keine Martinshörner gehört haben und wild in der Gegend landende Hubschrauber zu der Sorte von Leuten passen, mit denen wir es hier zu tun haben, tippe ich auf Letzteres." Er drehte sich zu Friedrichsen um, der den Kopf durch das Schiebefenster gestreckt hatte. „Was meinst du?"

Statt einer Antwort deutete Friedrichsen durch die Windschutzscheibe auf den Waldweg, wo soeben der blaue Clio mit überhöhter Geschwindigkeit auf sie zukam.

„Da will wohl jemand sein Lufttaxi bekommen."

Als der Clio mit zwei Rädern im Straßengraben an ihnen vorbei schlitterte, entdeckte Falkan Natalie auf dem Rücksitz neben einem Kerl wie eine Bulldogge, sicherlich der Türsteher der Garage von Mikes Hinterhof.

„Los, hinterher!", befahl Friedrichsen und wurde gleich darauf mit seinen beiden Kollegen durchgeschüttelt, als Mike den Transporter ins Dickicht lenkte und ihn rückwärts wieder auf den Weg setzte. Der Clio hatte inzwischen den Waldrand erreicht und bog nach links in Richtung Wiese ab. „Gib Gas!", schrie Friedrichsen, auf dem Rücken liegend und nach seiner Waffe tastend. Es hätte keiner Aufforderung bedurft. Mike hatte längst wieder auf Detektivmodus geschaltet und war in seinem Element. Der VW schoss aus dem Wald heraus und kam kurz darauf wild bockend hinter dem Clio zum Stehen. Die drei Männer überwanden soeben den Stacheldrahtzaun, der Bulle hatte die an Händen und Füßen gefesselte Natalie auf den Schultern. Mitten auf der Wiese stand ein dunkelgrüner Bell-Helikopter mit laufendem Rotor, die Kühe drängten sich ängstlich am gegenüber liegenden Zaun. Friedrichsen und seine Männer sprangen mit gezogenen Waffen aus der Heckklappe und eröffneten das Feuer auf den Hubschrauber. Es galt vor allem, Hajek die Fluchtmöglichkeit abzuschneiden und gleichzeitig nicht die Geisel zu treffen. Als die Flüchtenden die Hälfte des Wegs zum Hubschrauber geschafft hatten, wurde eine Tür des Hubschraubers aufgerissen, und der schwarze Lauf einer MPi kam zum Vorschein.
„Deckung!", schrie Friedrichsen und sprang hinter den Transporter, wo Falkan und der Rest der Zivilisten bereits Stellung bezogen hatten. Als er mit gehetztem Blick um die Ecke des Fahrzeughecks zur Wiese zurückblickte, begann die MPi zu bellen. Friedrichsen und die anderen duckten sich automatisch und erwarteten die Einschläge von Kugeln in das Blech des armen VW-Transporters, doch der Kugelhagel war nur von kurzer Dauer, dann verstummte die Waffe, dafür

schwoll das Dröhnen des Motors an. Als Friedrichsen vorsichtig um die Ecke schielte, war der Hubschrauber schon zwei Meter über dem Boden und begann, in Richtung Höchst davon zu schweben. Als sie mitbekamen, dass die Gefahr von oben scheinbar gebannt war, wagten sich auch die anderen, allen voran Kurt Falkan, hinter dem Bus hervor. Sein erster Blick galt den drei Männern und ihrer Geisel. Das dunkle Bündel Leiber im grünen Gras versetzte ihm einen Stich ins Herz. Mit spitzen Fingern drückte er den Stacheldraht nach unten und kletterte darüber.
„Sei vorsichtig, Kurt!"
Friedrichsens Warnung ignorierend lief Falkan über die Wiese. Friedrichsen fluchte und kam hinterher, gefolgt vom Rest der Truppe. Die Polizisten hielten ihre Waffen mit beiden Händen schussbereit vor sich, doch es wurde schnell offensichtlich, dass das nicht mehr nötig war. Der Helikopter hatte inzwischen an Höhe gewonnen und war in Richtung Westen abgedreht.
„Eine Hinrichtung", hauchte Falkan mit kraftloser Stimme und blickte hinunter in Natalies tote Augen. Sie lag mit dem Rücken auf dem Bullen, der ebenfalls seelenlos in den Himmel starrte. Die anderen beiden lagen daneben, überall sickerte Blut auf den Boden. Die Kühe hatten sich beruhigt und stierten interessiert vom Zaun herüber.
„Das hatten sich die Herren wohl anders vorgestellt", vermutete Friedrichsen und ließ seine Waffe ins Holster gleiten.
„Natalie sicherlich auch."
Falkan war den Tränen nahe. Friedrichsen legte ihm die Hand auf die Schulter.
„Du kanntest sie doch kaum."
Falkan sah ihn verständnislos an.

„Muss man jemanden denn gut kennen, um seinen Tod zu betrauern?"

Friedrichsen verzog verlegen den Mund und klopfte dem Freund nochmal tröstend auf die Schulter. Dann nahm er das Handy aus der Tasche und beorderte die Leute mit den blauen Lichtern auf dem Dach zum Höchster Waldrand.

Nils Hajek stand etwas abseits, hatte die Hände tief in den Hosentaschen vergraben und versuchte krampfhaft, woanders hinzuschauen als dorthin, wo die Leiche des Mannes lag, den er zwanzig Jahre lang Vater genannt hatte.

„Weronika, noch eine Runde!"

Diesmal hatte KHK Friedrichsen den Herrenabend einberufen. Falkan war nach den Ereignissen im Höchster Feld noch etwas in sich gekehrt und musste auf andere Gedanken gebracht werden. Sie hockten am langen Fenstertisch in der Gaststätte `Buxbaum´. Der Herrenabend war um zwei weibliche Teilnehmer erweitert worden. Melinda Boatonga und Simone Friedrichsen verschönerten heute die Männerrunde.

„Lass' mich mal aus", sagte Falkan, dessen Glas noch fast voll war. „Mir ist noch nicht so nach feiern."

Friedrichsen nickte verständnisvoll.

„Ich würde ja versuchen, dich mit guten Neuigkeiten etwas aufzumuntern, aber es gibt nicht viel Positives zu berichten. Dieser Kattarax schweigt eisern, die Durchsuchung seines Boots und des Hauses hat nichts ergeben, auch Gambinskys Wohnung war `ne taube Nuss, und alle sonst bekannten Einrichtung dieser Organisation waren wie geleckt. Und was diese Leute mit Personen machen, die ihnen möglicherweise gefährlich werden könnten, haben wir ja mitbekommen.

Die Besatzung des Hubschraubers hatte wahrscheinlich zwei Optionen. Entweder Hajek und seine Leute außer Landes bringen, wo sie keine Aussagen mehr machen konnten, oder sie vor Ort zum Schweigen bringen. Als der Pilot sich ausgerechnet hat, dass seine Maschine und damit auch die Flucht von Hajek gefährdet waren, hat er sich für letzteres entschieden. Sicher ist sicher."
Er sah, dass sich Falkans Miene verfinsterte, als er ihn an Natalies Tod erinnerte. „Tschuldigung."
„Ist schon gut, Benji, du hattest ja recht. Ich kannte sie gerade mal ein paar Stunden, aber irgendwie habe ich mich für sie verantwortlich gefühlt."
Simone griff nach Falkans Hand.
„Vielleicht so was wie Vatergefühle, Kurt?"
Falkan lächelte traurig.
„Vielleicht." Er nahm sein Glas und machte einen großen Schluck. „Vielleicht trinke ich doch noch eins. Weronika!"
Die Wirtin verstand und zapfte noch ein Bier an. Friedrichsen sah seine Frau dankbar an. Sie schien seinen Freund Kurt mit ihrer kurzen Bemerkung wieder einigermaßen zurechtgerückt zu haben.
„Na ja", sagte er, um das Thema abzuschließen, „die Geschichte ist ja noch ziemlich frisch. Das eine oder andere Detail wird in nächster Zeit sicherlich noch zu Tage kommen."
Hannes Larrosch, der sich bisher mehr seinen Getränken als der Unterhaltung gewidmet hatte, machte ein zerknautschtes Gesicht.
„Da ist endlich mal richtig Action, und ich bin nicht dabei."
Friedrichsen quälte sich ein gekünsteltes Lächeln ab, Falkan grinste traurig.

Ein warmer Frühlingsabend, ein paar Wochen später. Die Ereignisse um die Waffenschieberbande waren fast vergessen, Bernd Lohfink und seinen Beifahrer hatte man inzwischen in der Nähe von Prag tot in einer alten Fabrikanlage aufgefunden, und ein neuer Auftrag für Kurt Falkan war noch nicht in Sicht. So widmete er sich bis auf weiteres einem ruhigen Rentnerdasein, zu dem auch abendliche Spaziergänge gehörten.

Einer davon führte ihn und Fritz an diesem Abend nach einem Dämmerschoppen in der Reinhardtsschänke am alten Arnoldhaus vorbei. Auch diese Geschichte hatte Kurt Falkan inzwischen ad acta gelegt, was ihn jedoch nicht davon abhielt, jedes Mal, wenn sein Weg ihn an dem Grundstück vorbeiführte, mit einem kurzen Blick nach dem Rechten zu sehen. Gewöhnlich wurden seine Erwartungen dabei enttäuscht, heute jedoch gewahrte er in der anbrechenden Dunkelheit einen schwachen Lichtstreifen unter dem Scheunentor. Auch die schmalen Ritzen des hölzernen Tors und das Rechteck des kleinen Türchens waren erhellt. Falkan blieb stehen und trat näher an das Hoftor heran. In der Scheune war eindeutig Licht an.

„Da wollen wir doch mal sehen", sagte er zu Fritz und trat durch das rostige Hoftürchen. Als er dem Tor näherkam, war ein abgehacktes Kratzen zu vernehmen, als schippe jemand Sand oder Kies. Leise zog Falkan die angelehnte Tür auf, wobei er im grellen Licht eines LED-Baustrahlers den Rücken von Jens Falkenberg erblickte, der in der Mitte der Scheune stand und mit einem Spaten ein Loch im Erdboden aushob. Als Falkenberg bemerkte, dass jemand in die Scheune gekommen war, drehte er sich um. Sein Blick galt jedoch nicht dem Mann hinter ihm, sondern einem Punkt irgendwo viel weiter entfernt, vielleicht in den

Sternen. Dennoch erkannte er Falkan.

„Sind Sie endlich doch gekommen."

Irgendwie klang er erleichtert.

„Ich war in den letzten Wochen öfters hier, aber es war niemand zuhause. Was machen Sie da?"

Falkenberg drehte sich wieder um und starrte auf den Spaten, als habe er ihn eben erst in seinen Händen entdeckt.

„Ich grabe, wie's aussieht."

Das merkwürdige Lachen, das er dabei von sich gab, erzeugte ein Kräuseln in Falkans Nacken. Er begann zu ahnen, dass die Sache mit den kleinen grünen Männchen vielleicht doch nicht so weit hergeholt war.

„Und nach was graben Sie?"

Falkenberg fing wieder zu buddeln an.

„Das wissen Sie doch, oder? Deswegen habe ich Sie doch engagiert."

Er beachtete seinen späten Gast nicht mehr und grub und grub. Der Erdhaufen neben dem etwa einen Meter durchmessenden Loch war schon einen halben Meter hoch. Falkan wusste zwar nicht, was sein ehemaliger Klient meinte, aber seine jahrzehntelange Erfahrung sagte ihm, dass er mit einem Mann, der merkwürdige Andeutungen machte, während er scheinbar grundlos in der anbrechenden Nacht den Erdboden einer alten Scheune aufriss, nicht alleine sein sollte. So ein Spaten konnte verdammt wehtun. Fritz war der gleichen Meinung. Er knurrte.

Falkan ging rückwärts auf den Hof hinaus und wählte Friedrichsens Nummer. Dann hockte er sich auf die Haustreppe und beobachtete durch das Scheunentürchen Falkenbergs Treiben, der völlig vergessen zu haben schien, dass er Besuch hatte. Zehn Minuten später hielt Friedrichsens VW-Bus vor dem

Haus.
„Was ist denn los?“
Er flüsterte automatisch, als er Falkan im Dunkeln auf
der Treppe sitzen sah. Der deutete in Richtung
Scheune.
„Mein verschollener Klient ist wieder aufgetaucht.“
Zum Zeichen, dass er Zweifel an Falkenbergs geistiger
Gesundheit hatte, wischte er sich mit der flachen Hand
vor der Stirn herum.
„Und deswegen holst du mich vom Esstisch weg? Bei
uns gibt es Schmorbraten. Da habe ich mich schon den
ganzen Tag drauf gefreut.“
„Er gräbt ein Loch.“
Friedrichsen zuckte mit den Schultern.
„Na und? Ich denke, das ist sein Haus. Da kann er so
viele Löcher graben, wie er will.“
„Tut mir leid, dass dein Hunger größer ist als dein
gesunder Menschenverstand, aber wenn du den
Schmorbraten mal außer Acht lässt, kommt es dir dann
nicht merkwürdig vor, dass der Mann sich wochenlang
nicht blicken lässt und dann auf einmal auftaucht, um in
der Nacht seine Scheune umzugraben?“
Ob er Falkans Meinung teilte, oder ob er nur schnell
wieder bei seinem Schmorbraten sein wollte, war
Friedrichsen nicht anzumerken. Auf jeden Fall ging er
zur Scheune hinüber und klopfte vernehmlich an das
Holztor.
„Guten Abend. Darf man fragen, was Sie da machen?“
Falkenberg ließ sich bei seiner Arbeit nicht
unterbrechen. Er grub weiter, ohne Friedrichsen
Beachtung zu schenken.
„Na? Ist das normal?“
Falkan war hinter Friedrichsen getreten. Der betrat nun
die Scheune und ging zu Falkenberg.

„Nach was graben Sie denn?"

Falkenberg wandte kurz den Kopf, um zu sehen, wer hinter ihm stand, dann stieß er den Spaten wieder mit Kraft in die Erde.

„Fragen Sie Herrn Falkan."

Friedrichsen sah zu Falkan, der den Kopf schüttelte und nichts wissend die Arme ausbreitete.

„Hören Sie doch bitte mal kurz auf. Ich bin von der Polizei." Friedrichsen fingerte seinen Ausweis zutage, wodurch Falkenberg sich nicht beeindrucken ließ. Er grub schweigend weiter, womit er Friedrichsens Geduld, die durch den wartenden Schmorbraten schon arg strapaziert war, auf eine harte Probe stellte. Friedrichsen tippte ihm mit einem Gefühl aufkommenden Ärgers auf die Schulter. „Jetzt hören Sie mal."

Unerwartet fuhr Falkenberg herum, beide Hände fest um den Stiel des Spatens geklammert. Es sah aus, als wolle er ausholen. Friedrichsen sprang zurück, und Fritz fing an zu bellen. Doch Falkenberg reagierte anders als erwartet.

„Wenn Sie weitergraben wollen, bitte sehr."

Er streckte Friedrichsen das Werkzeug hin, der völlig perplex danach griff. Die Aussicht, statt des Genusses eines saftigen Schmorbratens in einer wildfremden Scheune harten Erdboden auszuheben behagte ihm so gar nicht. Dennoch ging er auf das Spiel ein. Er setzte den Spaten auf die Erde und trat mit dem Fuß darauf.

„Was werde ich denn finden?"

Statt zu antworten sah Falkenberg wieder auffordernd Falkan an. Der breitete erneut ahnungslos die Arme aus.

„Jetzt lassen Sie doch endlich die Spielchen und sagen uns, nach was Sie hier graben."

Bevor Falkenberg antworten konnte – was er scheinbar sowieso nicht vorhatte – sprang Fritz in das Loch und begann zu schnüffeln und mit den Füßen zu scharren. Nach einer Minute hatte er unter den neugierigen Blicken der drei Männer das Rätsel gelöst. Erst ein, dann noch ein knochiger Finger kamen im Licht des Baustrahlers unter der aufgewühlten Erde zum Vorschein. Langsam glitt Friedrichsens Blick von dem grausigen Fund zu Falkenberg hinüber, der völlig ungerührt da stand und Falkan nachsichtig anlächelte.

„Das hat aber lange gedauert."

Eine Viertelstunde später war der Dorfmittelpunkt von Altenhaßlau in flackerndes Blaulicht getaucht. Die Feuerwehr hatte im Hof Strahler aufgestellt, um die anlaufenden Ermittlungen auszuleuchten. Menschen sammelten sich vor den Nachbarhäusern. Vorm Hoftor des Arnoldhauses entdeckte Falkan Hans Dörr und Günter Koch, die er vor eine Stunde am Stammtisch in der Reinhardtsschänke verlassen hatte. Die beiden hatten es wohl länger ausgehalten als er und waren auf dem Heimweg in den Rummel geraten. Günter Koch winkte durch das Gitter.

„Kann man dich keine Minute alleine lassen, ohne dass du wieder eine Leiche findest?", lachte er ohne zu ahnen, dass er mit seiner Bemerkung ins Schwarze getroffen hatte. Falkan hielt die Hundeleine hoch, an deren Ende sein `Polizeihund´ hockte.

„Genaugenommen hat mein Fritz sie entdeckt."

Koch machte große Augen.

„Ehrlich? Eine Leiche? Ist es jemand vom Dorf?"

„Glaub' nicht, aber genau werden wir das erst später wissen."

Koch nickte verstehend.

„Alles weitere nach der Obduktion. Kenne ich. Sagen die von der Gerichtsmedizin bei der SoKo Wismar auch in jeder Sendung.“

„Gehen wir doch nochmal zu Vaida“, schlug Hans Dörr vor. „Du kannst uns bestimmt ein bisschen was erzählen, Kurt. So was hat man ja nicht alle Tage.“

Nachdem Falkan bei Friedrichsen nachgefragt hatte, ober er noch gebraucht werde, gingen die drei zurück in die nahe Reinhardtsschänke, um das Verbrechen zu diskutieren. Friedrichsen gesellte sich eine halbe Stunde später zu ihnen.

„Es ist eine Frau, so viel steht fest.“

„Und Falkenberg?“

„Schweigt. Wir haben ihn erstmal auf die Station gebracht. Morgen werden sich die Psychiater mit ihm beschäftigen.“

„Ich hab dir doch gesagt, dass er einen an der Waffel hat.“

„Und du glaubst, dass es seine Frau ist.“

Falkan nickte.

„Marianne, ja. Ich habe mit einem ehemaligen Arbeitskollegen von ihm gesprochen. Sie ist vor zwei Jahren spurlos verschwunden. Er ist danach abgedreht, hat gekündigt, keiner wusste mehr, wo er sich rumtreibt. Wenn du mich fragst, hat er sie umgebracht, wer weiß, warum, und ist danach mit seiner Tat nicht fertig geworden. Das ist dann irgendwann so weit gegangen, dass er gefasst werden wollte, aber von sich aus nicht gestehen konnte. Wer weiß, was in so einem Gehirn vorgeht? Da ist er zu mir gekommen und hat mir irgendwelche Geschichten erzählt, damit ich mich um das alte Anwesen kümmere und im Laufe der Ermittlungen irgendwas anstoße, damit am Ende die Leiche gefunden wird und er seinen Seelenfrieden

findet." Falkan hob sein Glas und prostete seinen Freunden zu. „Hab' ich alles schon erlebt. Deine Psychologen werden es dir bestätigen, wirst sehen."
„Aber warum ist er dann selbst gekommen, um sie auszugraben?"
Falkan zuckte mit den Schultern.
„Wer weiß? Vielleicht werde ich doch langsam alt, vielleicht war ich ihm zu langsam. Deine Psychologen werden's schon rausfinden."

Nach zwei Tagen hatten Pathologen und Psychologen ihre Arbeit getan. Friedrichsen hockte am Sonntagmorgen bei Falkan in der Küche, trank Kaffee und berichtete freimütig von den Ermittlungsergebnissen. Schließlich war es Falkans Fall.
Die Identität der Leiche war geklärt. Marianne Falkenberg, achtunddreißig Jahre alt, Urenkelin von Karl und Frieda Arnold, die vor Jahrzehnten nach Kalifornien ausgewandert waren. Warum ihr Mann ihr mit einem schweren Gegenstand den Schädel eingeschlagen hatte, war noch nicht geklärt, aber dass er der Täter war, war klar. Er hatte gestanden, gleichzeitig auch beteuert, dass er seine Tat bereute und alle Schuld auf sich nehmen wollte. Dass er die Leiche auf dem Arnoldgrundstück vergraben und nicht irgendwo auf Nimmerwiedersehen entsorgt hat, führten die Psychologen darauf zurück, dass er immer wollte, dass seine Tat ans Licht kam.
Als Friedrichsen mit seinem Bericht geendet hatte, musste er grinsen.
„Scheint, dass vierzig Jahre bei der Frankfurter Kriminalpolizei ein dreijähriges Psychologiestudium durchaus ersetzen können."

Falkan nahm's als Kompliment.

„Falkenberg hat's mir leicht gemacht. Ich hatte bei ihm von Anfang an das Gefühl, dass sich hinter seiner Stirn einiges abspielt, was da normalerweise nicht hingehört. Willst du noch einen Kaffee?"

„Nee, danke. Simone wartet schon. Wir wollen nach Steinau in den Erlebnispark. Paul quengelt schon die ganze Woche."

Kurz darauf winkte Falkan den Friedrichsens hinterher, während er sich selbst auf den Weg zum Friedhof machte, in der Hand die Rose für Sigi. Unterwegs dachte er darüber nach, was er ihr erzählen sollte. Von Natalie hatte er ihr schon vor Wochen berichtet. Seitdem war nichts mehr Bemerkenswertes geschehen. Bis auf diese Woche.

Falkan lächelte still vor sich hin, als er den Weg zur Friedhofskapelle hoch lief. Sigi würde es sicherlich amüsant finden, dass seine Täter inzwischen selbst für ihre Verhaftung sorgten, dass sie ihre Opfer so versteckten, damit sie später wieder leicht gefunden werden konnten. Vorausgesetzt, man wusste, wo man suchen musste.

An Sigis Grab fand der übliche Austausch der alten gegen die neue Rose statt. Falkan glaubte, im Rauschen der Birken ihr leises Lachen zu hören, als er ihr mit kaum vernehmbaren Worten von Jens Falkenberg erzählte und von seinem Drang, erwischt zu werden.

„Wenn es nur immer so einfach wäre", beendete er seinen Bericht. „Am Ende hab' ich sogar eine lobende Anerkennung von Benji bekommen. Kannst du dir das vorstellen?"

Falkan wusste, sie hätte es sich vorstellen können, wenn diese verdammte Blutvergiftung vor Jahren nicht dazwischen gekommen wäre, wegen der er seine Frau nur noch an diesem Ort nach Rat fragen konnte, wenn er mal nicht weiter wusste.

Mit einem leisen Seufzer wandte er sich zum Gehen. Heute gab es keine offenen Fragen. Alles war erledigt. Die Spuren der internationalen Waffenschieber wurden von internationalen Ermittlern verfolgt, und warum Jens Falkenberg getan hatte, was er getan hatte, mussten andere herausfinden.

Für Falkan blieb nur noch ein ruhiger Frühlingssonntag, vielleicht noch eine Runde durch die Botanik, danach ein erfrischendes Bier im `Buxbaum´ und am Abend ein Tatort.

Und dann, am Friedhofstürchen, wo Fritz ihn an der Leine am Fahrradständer freudig begrüßte, kam es doch anders, als die Glocke – es war diesmal kein Glöckchen – in seinem Kopf einmal laut und vernehmlich läutete. Mit einem Mal war ihm doch etwas eingefallen, was er noch tun konnte. Tun musste.

Diesmal war es jedoch nicht seine verstorbene Frau Sigi, die ihm den Weg gewiesen hatte, sondern die Erinnerung an Natalie Wicket und ihren unvollendeten Auftrag. Vielleicht konnte er, Kurt Falkan, ihn ja statt ihrer beenden.

Hastig band Falkan Fritz vom Fahrradständer los und eilte in Richtung Friedhofskreuzung davon. Er bog jedoch nichts nach links in Richtung Mittagessen ab, sondern ging geradeaus, um herauszufinden, ob die Glocke in seinem Hirn aus gutem Grund geläutet hatte.

Falkan stand vorm geschlossenen Tor der Garage im Gewerbepark in der Lagerhausstraße und ließ den Platz auf sich wirken. In Gedanken dimmte er das Tageslicht bis zur Dunkelheit und beobachtete Hugh Craighton, Natalies Partner, dabei, wie er am Abend seines Todes um die Garage herumschlich und versuchte, etwas darüber zu erfahren, was sich in ihrem Inneren abspielte. Dabei ist er unvorsichtig, stößt eines der leeren Fässer um oder wird entdeckt, wie er durch den Türspalt schielt.

Craighton kommt wahrscheinlich direkt von Gambinsky, den er möglicherweise vor wenigen Stunden aus dem Fenster geschmissen hat. Man wird es wahrscheinlich nie mit Sicherheit wissen. Er hat auf jeden Fall etwas dabei, eine Liste, einen Stick, irgendetwas, auf dem Daten sind, die er für wichtig hält und die er bei Gambinsky gefunden hat. Dieses Etwas hat ihn zu Meier und zu der Garage in der Lagerhausstraße geführt, von der er sich Antworten auf seine Fragen verspricht.

Statt einer Antwort erwischt ihn der Türsteher beim Schnüffeln und versucht, seiner habhaft zu werden. Craighton gelingt es, abzuhauen.

Falkans Blick wanderte über den Hinterhof an den Mauern und Müllcontainern entlang zum Ausgang. Zwischen den einzelnen Gebäuden war kein Durchkommen, also musste Craighton bis zur Straße vorne gelaufen sein. Falkan folgte seinen unsichtbaren Spuren, im Nacken immer den bulligen Türsteher, der Craighton über den nächtlichen Hof hetzt. Craighton hatte es sicherlich eilig gehabt, außer Reichweite zu kommen. Er musste vom Hof runter, hatte keine Zeit, sich bei den Hausmauern oder in irgendwelchen Ritzen ein Versteck zu suchen.

Falkan verließ den Hof und wandte sich nach links. Von hier aus waren es noch fünfzig, sechzig Meter bis zur Autobahn, und vorne, um die Ecke, vielleicht hundert Meter bis zum Eingang von Mikes Firma.

Falkan betrachtete die Hauswand zur Linken. Zu glatt,

keine Möglichkeit, etwas auf die Schnelle zu verstecken. Weiter vorne, an der Leitplanke neben der Autobahn, waren Paletten gestapelt. Betonrohrteile lagen meterhoch aufeinander, wahrscheinlich alles Teile der zahllosen Baustellen, die sich zurzeit an der A66 entlangzogen, jedenfalls nichts, wo man etwas für unbestimmte Zeit verbergen konnte. Jeden Tag konnten Arbeiter kommen und das Zeug abholen. Außerdem konnte sich Falkan nicht erinnern, dass die Sachen schon dagelegen hatten, als Craighton überfahren worden war.

Er lief ein paar Meter weiter bis zur Hausecke. Die gepflegten Blumenkästen vor den Fenstern und das kurzgeschnittene Gras ließen darauf schließen, dass das Haus bewohnt war. Falkan ging langsam in gerader Linie die Strecke bis zu der Stelle, wo es Craighton erwischt hatte. Er hatte bestimmt nicht – was auch immer – ins Gras geworfen. Der gewaltige Baum an der Grundstücksgrenze, dessen Geäst über die ganze Straßenbreite reichte, schien auch kein idealer Aufbewahrungsort zu sein, es sei denn, Craighton hätte – was auch immer – hinauf in die Krone geworfen in der Hoffnung, dass es hängenblieb.

Bei der Leitplanke angelangt, hockte Falkan sich auf einen der Palettenstapel und ging den Weg zurück bis zur Hausecke nochmal mit den Augen ab. Dabei blieb sein Blick an den vier Felsbrocken hängen, die als eine Art Zaun am Rand des Rasens lagen und diesen von der Straße trennten. Die schweren Dinger würde sicherlich niemand in naher Zukunft fortbewegen. Craighton hatte nicht viel Zeit zum Überlegen gehabt. Er hatte etwas, von dem er nicht wollte, dass man es bei ihm fand. Agent alter Schule. Er musste nehmen, was sich bot. Falkan hopste von den Paletten und ging langsam zum ersten Felsen von der Größe eines Medizinballs. Das Gras war schon mehrere Tage nicht gemäht worden, und um den Fuß des Brockens wuchs es besonders lang, da, wo der Rasenmäher nicht ran kam. Falkan ging auf die Knie – man war keine siebzehn mehr – und tastete mit den Fingern die dunkle Spalte um den Stein ab. Fritz tat es ihm mit der Schnauze gleiche.

„Wer als erstes etwas findet, bekommt nachher eine Extrawurst", scherzte Falkan und stieß auf etwas, das er sich besser nicht näher ansah. Es war weich und glitschig, sicherlich nichts, das ein Geheimagent des MI6 mit sich herumschleppen würde.

Als er Nummer eins einmal ergebnislos umrundet hatte, rutschte Falkan auf allen vieren zum nächsten. Fritz bellte freudig, wahrscheinlich glücklich darüber, dass sich Herrchen mal auf sein Niveau herunter begeben hatte. Bei Nummer zwei angekommen, dachte Falkan kurz nach. Craighton kam vom Haus her angelaufen, wusste den Bullen hinter sich, dachte, nichts wie weg damit, bevor der andere um die Ecke kam. Dann sah er am Boden die vier dunklen Schatten in der Nacht. Würde er bis zum letzten warten? Eher nicht.

Falkan kroch weiter bis zum übernächsten Felsen und setzte dort seine Suche fort. Nicht lange, und seine Finger ertasteten etwas Metallisches. Beinahe ehrfürchtig zog er die Finger unter dem Stein hervor und betrachtete den kleinen silbernen Stick. Dann sah er bedauernd in das Gesicht seines Hundes.

„Tut mir leid, alter Junge, aber die Extrawurst geht heute wohl an Herrchen."

„Der internationale Waffenhandel wird dadurch nicht gestoppt, natürlich, aber er dürfte einen herben Rückschlag bekommen haben." Sie hockten zu zweit

193

auf Falkans Veranda und genossen die Abendsonne und dazu ein Bier. „Die Liegenschaften, die die Kollegen aufgrund der Daten auf Craightons Stick in der ganzen Republik und in anderen Teilen Europas durchsucht haben, waren teilweise vollgestopft mit Elektronik. Die haben die Lager scheinbar in gewissen Zeitabständen gewechselt, um eine eventuelle Entdeckung zu vermeiden. Dazu haben sie Typen wie diesen Lohfink angeheuert. Leider hat es sich dann doch bei den bösen Jungs rumgesprochen, dass wir hinter ihnen her waren. Die letzten untersuchten Lager waren leer, aber was wir haben, dürfte nach ersten Schätzungen einen Wert von über zwei Milliarden haben.“

„Da kannst du schon mal die Rechnung der Reinigung für meine Hose abziehen“, sagte Falkan und grinste Friedrichsen an. „Die Knie sind grün vom draufrumrutschen.“

„Vielleicht wirst du ja von der Kleiderkammer Seiner Majestät neu eingekleidet. Die Briten waren sehr davon angetan, dass die Arbeit ihrer beiden Agenten am Ende doch noch was gebracht hat.“

Die Erinnerung an Natalie Wicket kam bei Falkan zurück. Das Grinsen verschwand aus seinem Gesicht.

„Schon, aber zu welchem Preis?“

„Versuch mal, das pragmatisch zu sehen“, versuchte Friedrichsen, dem Freund die trüben Gedanken weg zu erklären. „Es war ihr Job, und wenn man bedenkt, wie viele Menschen gestorben wären, wenn das ganze Zeug für zwei Milliarden dort angekommen wäre, wo es hingesollt hat…“

Er redete nicht weiter. Falkan nickte.

„Ist schon klar, aber trotzdem. Traurig ist es doch.“

Ende

Auf den folgenden Seiten befindet sich eine Aufstellung der bisher vom Autor veröffentlichten Bücher:

Ferne Hoffnung - Eine Science Fiction Geschichte ohne UFOs und Laserstrahlen

Eichenblut - Ein Kriminalroman mit Gruseleffekten

Land im Mondlicht - Eine kleine Fantasy Geschichte

Die 13. Generation - Ein Krimi, der zwischen den Sternen spielt

Der Falke von L.A. - Erster Fall für Kurt Falkan

Falkan und der einsame Passagier - Falkan findet Gefallen am Detektivdasein

Es begann in Marseille - Erster Auslandseinsatz für Falkan

Falkan und der Tod im Honigglas - Tote Menschen und tote Hunde in Altenhaßlau

Falkan und die Reisen des Herrn Lorner - Falkan auf der Spur eines Verschwundenen

Falkan und die Kralle des Falken - Ein Mann ertrinkt auf der Hauptstraße. Falkan ermittelt

Falkan und die Angst des Architekten - Es beginnt mit einem scheinbar harmlosen Scherz und endet mit Mord

Falkan und der goldene Siambuka - Falkans zweiter Auslandseinsatz. Diesmal führen ihn seine Ermittlungen in die sonnigen Gefilde der Südsee

Falkan und das Glück dieser Erde - Ein Fall von Pferdediebstahl bedeutet einmal ganz etwas anderes im Leben des ehemaligen Kriminalpolizisten Kurt Falkan

Falkan und die französische Angelegenheit - Eine alte, weggeworfene Aktentasche erweckt Falkans Neugier

Falkan und der Kandidat - Ein reicher Amerikaner sucht seine Erben. Doch die vermeintlich einfache Angelegenheit erweist sich nach anfänglich schnellem Erfolg als undurchsichtiges Spiel, in dem Kurt Falkan selbst eine höchst undurchsichtige Rolle zu spielen scheint

Falkan und die Kunst - Die Suche nach einem alten Gemälde führt Kurt Falkan weit in die Vergangenheit

Falkan und die feine Gesellschaft - Feine Leute sind nicht immer so fein, wie es scheint, man muss nur tief genug graben. Und Kurt Falkan gräbt tief

Falkan und das Erbe des Bösen – Es war mehr ein Gefallen aus Langeweile, doch dann wird daraus tödlicher Ernst

Falkan und der Fluch von Kali - Falkans Freund Mike unter Verdacht. Der pensionierte Polizist setzt alles daran, diesen Zustand so schnell wie möglich zu beenden

Falkan und das Haus am Stadtweg – In einem seit Jahrzehnten verlassenen Haus trifft Falkan auf die Geister der Vergangenheit

Falkan und die Blasmusik – Ein ungeliebter Routineauftrag entwickelt sich für Falkan zum Albtraum

Falkan und der Glanz von Afrika – Ein Leichendiebstahl gibt Falkan Rätsel auf

Falkan und der Feind – Ein unscheinbarer Transporter in der Nacht, und ein Unfall auf der Autobahn. Falkan fragt sich, wie beides zusammenpassen könnte

Kurt Falkan kommt zurück in:

Falkan und die Bruchlandung